SIGRID NUNEZ

What Are You Going Through

邻人之爱

【美】西格丽德·努涅斯——著
姚君伟——译

上海译文出版社

中文版序

2017年8月，我开始写《邻人之爱》，这是我的第八部小说。当时，我人在加利福尼亚，在一个名为杰拉西基金会的地方待了一个月；这是一个艺术家的度假村，位于圣克鲁斯山北部。我的上一部书《我的朋友阿波罗》当时尚未出版，虽然2016年秋河源出版社就买下版权，却要到2018年2月才会安排出版。当然，我并没有指望当年晚些时候这部书会赢得美国国家图书奖小说奖。《我的朋友阿波罗》后来成了我在中国出版的第三部书，之前译成中文出版的有我的第一部小说《上帝吹飘的羽毛》和我的唯一一部非虚构作品《永远的苏珊：回忆苏珊·桑塔格》。

到了2017年夏天，我清楚自己想要动笔写一部新的小说了，但我不能肯定自己要写什么。然而，我多年前看过的一篇文章给了我灵感；这篇文章是法国哲学家西蒙娜·韦伊写的，后收入集子《等待上帝》(1942)。西蒙娜·韦伊在文章中写道："我们对邻居的爱，充其量就是能够对他说一句：'你在经历什么？'"我最终会把这整句引言作为我的小说的题词，还会把韦伊提出的这个问题用作我的书名。[1]

我决定写这样一部小说，它由几个不同的人的故事构成，故事会讲述给其中一个人物听：各种声音构成的合唱，由一个第一人称的叙述者精心安排，每个人讲一个他或她在生活中遇到的麻烦事，他或她当时经历的一些困难。

这样，我对这部书有了某种总体思路，但我还不能肯定如何开头。后来有天早上，我在杰拉西基金会会所散步，这里原先是一个面积大约600英亩的大牧场，超漂亮；就在这时，小说的第一句话似乎突然就冒了出来："我去听一个人的讲座。"

于是，我就有了一个人物，一个叙述者，一个"我"；然后我就有了第二个人物："一个人"；接着，我就有了一个事件："一场讲座"。那么，这个"我"是谁，这个人是谁，这个讲座的主题是什么？讲座在哪里做？叙述者又为什么要去听？

散完步，我回到工作室，写下了这句话，然后往下写。正是通过回答第一个句子引出的一个个问题，小说才开始成型。

接下来，我把我在杰拉西剩下的所有时间都用来写这部书，等到我回家的时候，小说已取得相当可观的进展。不过，我又花了两年时间才完稿。我很快就意识到，《邻人之爱》和

---

1 西格丽德·努涅斯的这部小说原标题为：*What Are You Going Through*，直译为《你在经历什么》。鉴于作品主题和作者的创作意图，现译为《邻人之爱》，参见本书"译后记"。

上一部小说《我的朋友阿波罗》颇多相似之处。首先，两部小说中，叙述者都是女性，年龄相仿，都已年过花甲；她们都是作家兼教师，都是独自生活在纽约城的单身、没有子女的女性。

然而，更重要的是，两位女性有着同样的叙事声音和感受力。换句话说，她们的世界观、她们对人生阅历的看法极为相似。现在，我认为，《邻人之爱》很自然地脱胎于《我的朋友阿波罗》，尽管它并非《我的朋友阿波罗》续篇，但两书可谓是相互在进行交谈。

我还想说，我也发现，这两部小说和我的第一部《上帝吹飘的羽毛》之间也有一种紧密的联系。事实上，这三位叙述者可能都是同一个女性人物，尽管第一部小说和后两部中发生的事情时间相隔了多年。

同时，在这部新的小说里，我回到了对《我的朋友阿波罗》来说非常重要的主题：死亡与丧亲之痛，真正的友谊的本质，做一个作家意味着什么，即使在面临死亡时，人生喜剧依然存在。在这部新的小说里，没有一条可爱的大狗来担当一个大角色，但有一只小猫要扮演一个小角色。正如我在美国版和其他国家的译本中所发现的那样，这只猫是很多读者最喜爱的角色之一。

也许，这只猫到时候也会成为中国读者最喜欢的一个角色。

当然，我又有一本书要出中文版了，我十分激动，也深感荣幸。非常感谢上海译文出版社，非常感谢姚君伟，让我又有了一次绝佳的机会和中国读者分享我更多的作品。衷心希望这些读者会发现，遇见《邻人之爱》是一次愉快而有意义的文学体验。

2021年6月16日于纽约

第一部

我们对邻居的爱，充其量就是能够对他说一句：“你在经历什么？”

——西蒙娜·韦伊

第一章

我去听一个人的讲座。活动在一所大学的校园里举行。主讲人是个教授，不过，他在另一所学校教书，学校在这个国家的另一座城市。他是一个有名气的作家，当年早些时候，他获得了一个国际大奖。不过，尽管本次活动免费对公众开放，礼堂里却只坐满一半的听众。如果不是巧合的话，我自己也不会坐在听众席上，我甚至都不会在这座城市。我的一个朋友当时正在当地一家医院接受治疗，那是一家治疗她患的那种癌症的专科医院。我就是来看望这位朋友的；这位和我关系很好的老朋友我已经多年没见了；因为她的病情十分严重，这次可能是我最后一次见她了。

那是2017年9月的第三个星期。我通过“爱彼迎”平台订了一间房。房东是个退休图书管理员，丈夫去世了。从她的资料中，我知道她有四个子女，六个孙辈，她的爱好包括烹饪和看戏。她住在一个小公寓的顶层，公寓离医院大约两英里远。公寓干净整洁，散发着淡淡的孜然的味道。大多数人都会同意，客房装饰的方式让人有一种宾至如归的感觉：长绒块毯，一张床，上面整齐地摆着几个枕头，还有一床柔软蓬松的羽绒被，一张小桌子，上面摆放着一个插了干花的陶罐，床头柜上则是一摞平装本推理小说。这种地方我从来就没有家的感觉。大多数人称之为温馨舒适的地方——舒适、惬意的环境，另一些人则觉得令人窒息。

房东说好有一只猫的，但我连猫的影子也没看到。后来，到要离开的时候，我才知道，在我预订与入住之间的这段时间，房东的猫死了。她很直率地说出了这件事，随即就换了个话题，这样我就没法就此事再问什么了——事实上，我之所以要问，是因为她的神情让我觉得她希望别人问起这件事。我突然想到，也许并非情感原因让她那样改变话题，而是担心我日后投诉。令人郁闷的房东大谈特谈死猫。你在网上总是看到的那种评论。

我在厨房一边喝着咖啡，吃着托盘里房东为我准备的零食（按照“爱彼迎”上向房东推荐的方式，她本人尽量不露面），一边研究着她的软木公告板，她在上面张贴了一些广告，好让房客们知道城里有些什么活动。一场日本版画展，一个工艺品展览会，一个加拿大舞蹈访问团，一场爵士音乐节，一个加勒比文化节，一个当地的体育场馆的日程安排，一次口语诗[1]朗读活动。以及，那天晚上7:30，那位作家的讲座。

照片上的他看上去很严苛——不，“严苛”这个词太严苛了。还是说严厉吧。这是很多上了年纪的白人男子在某个年龄段会有的样子：一头白发，鹰钩鼻，两片薄薄的嘴唇，洞悉一切的目光。像猛禽。几乎毫无魅力。几乎不是一个说出下面这些话的形象：求你们了，一定来听我讲啊。看到你们到场我会非常开心！更可能是说类似这样的话：别错过，我知道的比你们多多了。你们应该听听我讲。或许那样你们就会明事理了。

1　一种集创作和表演于一体的诗歌文类。

一个女人介绍了他。是邀请他来做讲座的系主任。她是大家熟悉的类型：富有魅力的学者，知识分子交际花。此人努力让人们明白，尽管她聪明、受过良好教育，尽管她是一个女权主义者、一个身居要职的女人，但这位女士不是老土、不是无聊的书呆子、不是无性枯槁的老悍妇。所以，就算她过了某个年龄，那又怎样。紧身裙、高跟鞋、鲜红的嘴唇和染过的头发（我有一次听到美发厅的一名染发师说，我相信，如果一个女人有白发，肯定会损害她的思考能力），这一切都在告诉我们：我还是一个可以上床的对象。几乎可以肯定的是，苗条意味着每天大部分时间都觉得饿。在法国，知识分子可以是性感偶像，这一想法带着某种悲伤的规律性在这些女人脑海中闪过。即使这个偶像有时会令人尴尬（伯纳德-亨利·莱维[1]和他解开着纽扣的衬衫）。这些女性留有少女时代备受折磨的记忆，不是因为她们的外表，而是因为她们的头脑。“男人不会和戴眼镜的女孩子调情”实际上指的是聪明的女孩子、爱读书的女孩子、数学竞赛选手，还有科学怪才。时代变了。现在还有

1 Bernard-Henri Lévy（1948— ），法国当代著名的哲学家、作家、导演。

谁不爱戴眼镜呢。现在听到一个男人吹嘘自己对聪明女人有吸引力是司空见惯的。或者，就像最近一名年轻男演员所言：我一直觉得最性感的女人是那些拥有最强大脑的女人。我承认，听了这话，我惊得下巴差点儿掉下来。

这个关于托斯卡尼尼的故事不可能是真的，对吗？据说托斯卡尼尼在和一位女高音歌手排练时失去了耐心，他一把抓住她的两个大乳房喊道，如果这两个是大脑该多好啊！

后来又有一种说法："男人不会和屁股大的女孩子调情。"

活动结束后系里肯定要设晚宴招待，我在晚宴上能看到他们，这一对男女。因为他的身份，这个晚宴的规格一定会很高，在这个地区最昂贵的餐厅之一，而且，他们到时候可能会紧挨着坐在一起。当然，这个女人会希望进行一些热烈的交谈——而非东拉西扯的闲聊——甚至可以有点儿打情骂俏，不过，这似乎不太容易发生，因为他不停地分神，关注餐桌的另一头；那是主办方安排陪同他的女研究生，负责领着他从一个地方到另一个地方，包括今天晚餐后领他回酒店；一杯酒下肚，女研究生就开始目光越来越大胆地回应他频频抛过去的目光。

这件事看上去可能是真的。我用谷歌搜了一下。不过，据一些报道称，他并没有真的抓住那位女高音歌手的两个乳房，只是指着它们。

在少不了详细介绍主讲人成就的环节，这个男人的目光垂了下去，摆出一副不自在的痛苦表情，装出一副谦虚的样子，我怀疑他这样子是否能骗过所有人。

如果一个人的成绩更多地取决于从讲座、讲课而非从教材中学到多少内容，那我当初就挂科了。我阅读或听一个人谈话时，通常不会注意力不集中，但任何类型的报告总会给我带来麻烦（最糟糕的是作者朗读他们自己的作品）。几乎报告人一开讲，我就走神了。而且，这个晚上我特别心烦意乱。我整个下午都在医院陪我的朋友。我看着她受罪，为了不让她看出我的不安，我还要竭力不让自己对她的病情感到沮丧，我真是痛苦不堪。对付疾病，我也从来都不擅长。

于是，我走神了。从一开始就心猿意马。好几次不知道台上讲到哪儿了。不过，没关系，这个人的报告是基于他为一家杂志写的一篇长文，文章发表后我看过。我看过，我认识的每个人也都看过。我那个住院的朋友也看过。我猜想，大多数在座的听众也看过了。我突然想到，他们中至少有一些人到场是因为他们想问一些问题，想听听关于那人要说的内容的讨论，那些内容他们看了文章已然熟知。但报告人做出了不同寻常的决定：没有回答问题环节。今晚没有讨论。然而，我们是等他讲完后才知道这个情况的。

就此结束，他说。他引用了另一个作家的话，是从法语译过来的：人来前，森林；人来后，沙漠。为了防止灾难的出现，不管需要做什么，不管要采取什么行动或做出什么牺牲，现在人类显然缺少实施它们的意愿，那种集体意愿。他说，在任何智慧的外星人看来，我们会显得受死欲控制。

就讲到这里，他又说了一遍。不再有支撑了一代又一代的人的那种信仰和慰藉，不再有那种认识，即尽管我们个人自身在地球上的时间一定会有尽头，但是我们所爱之物和对我们而言有意义的一切将会长存不灭，我们曾经是其中一分子的世界将延续下去——那个时代已然结束了，他说。我们的世界和我们的文明将无以为继，他说。我们必须在这一新的认知中生存和死亡。

我们的世界和我们的文明将无以为继，这个人说，因为它们无法在我们发动的众多威力强大的攻击下生存下来。我们，我们自己最危险的敌人，已经把我们自己设置为易被击中的目标，不仅允许足以把我们人数好几倍的人杀死的武器发明出来，而且让它们落入极端自我主义者、虚无主义者和没有共情、没有良知的人的手里。一方面，我们无法控制大规模杀伤性武器的扩散，另一方面，我们又无法让那些人远离权力，对他们来说使用这些武器既是能想到的，甚至可能还是一种不可抵抗的诱惑，于是，世界末日之战正在变得越来越有可能……

那人说，我们离开的时候，我们不会被一种高贵而智慧的类人猿所取代，尽管这样想想也许是美好的。人类灭绝了，这颗行星也许还有希望，这样想或许令人感到安慰。唉，动物王国注定要垮塌的，他说。尽管所有这些恶行并不是类人猿和所有其他生物干的，但是，它们——人类活动尚未将其完全摧毁——会和我们一起消亡。

但是，假设没有核威慑，那个人说，假设出现某种奇迹，世界上所有的核武库一夜之间都被摧毁。我们难道就不会依然要面对被一代又一代人类的愚蠢、短视和自我欺骗的能力制造出来的危险吗……

那个人说，矿物燃料实业家，他们多少人，我们多少人？难以置信的是，我们，一个自由的民族，一个民主国家的公民，竟然没能制止他们，没能勇敢地抵抗这些人以及他们那些拼命否认气候变化的政治上的支持者。想想同样是这些人，他们坐收渔利，成为亿万富翁，跻身于有史以来最最富有的阶层。但是，当世界上最强大的国家都已经站到了他们一边，趾高气扬地来到了否认的最前列，地球这颗行星还有什么希望。这个人说，全球生态灾难引发的粮食和清洁饮用水的短缺，一批批难民在绝望的驱使下逃离，他们在任何地方都会得到同情，想想这个就觉得荒唐。相反，我们很快就会看到人对人的残暴会以一种前所未有的规模出现。

这个人是个优秀的演讲者。他面前的讲台上有个平板电脑，他时不时地瞄一眼，但是，他没有直接念稿子，讲得好像他记得上面的每句话。他这种演讲方式像个演员。一名优秀演员。他讲得非常好。一次都没有犹豫或者讲到哪个词时结结巴巴，但讲起来又不像是排练过的那样。天赋。他讲得很有权威，极有说服力，对自己讲的东西确信无疑。就像我看过的那篇文章——这次的演讲就是以那篇文章为基础的，他旁征博引，用许多文献作为支撑。但是，他也有某种东西表明他并不真正在乎有没有说服力。他讲的不是观点，而是无可辩驳的事实。你信不信没有关系。因为是这种情况，他做这样的演讲在我看来怪怪的，真的给我怪怪的感觉。听之前，我以为他是面对听众讲，那些听众专门跑过来听他讲，他会用一种不同于我记得的他那篇杂志文章里的口吻来讲。我以为，这次会有一些即便不乐观，至少不会彻底是厄运临头的东西；一种姿态，至少有可能走向未来之路；一线希望，如果说只能是一线的话。就像，既然大家在听我讲，既然我让你们听了觉得震惊了，那我们就来谈谈应该做什么。否则，先生，为什么要对我们讲呢？我相信，这肯定是听众席上其他人也有的感觉。

网络恐怖主义。生物恐怖主义。不可避免的又一次流感大流行，同样不可避免的是，我们对此毫无准备。我们滥用抗生素造成的不能治愈的致命感染。世界各地极右政体的兴起。宣传和欺骗作为政府政策的政治策略和基础的常态化。无力击败全球圣战分子。对生活和自由——对任何名副其实的文明——的威胁在加剧，这个人说。另一方面，却又缺乏应对它们的办法……

而谁又能相信如此巨大的操纵力竟然集中在几家技术公司的手里——就别提它们的主导地位和利益所依赖的大规模监控系统——可能有利于人类未来的最大利益。谁又会真正怀疑这些公司的工具某一天会成为一种最有效的途径，达到能够想象到的、最残忍的目的。然而，我们在我们的科技之神和大师面前是多么地无助，这个人说。有个问题问得好，他说：在这一切全都玩完之前，硅谷还能研发出多少阿片类药物来？当体制明文规定个人别无选择，只能被到处跟踪，只能像关在笼子里的动物一样总是被呵斥、被戳捅，生活会变成什么样子？还有，一个据说是热爱自由的民族是如何允许这种事情发生的？人们为什么对监视资本主义这个概念本身不感到义愤填膺呢？难道是被高科技吓得不知所措？将来研究我们毁灭的外星人有可能下结论说：自由他们消受不了。他们宁可做奴隶。

仅仅看了这个人的文字而没有听他、看他演讲过的人，很可能会把他想象成跟他当晚实际上很不相同的样子。考虑到他那些文字及其意思、可怕的事实，没来现场的人很可能想象某种情绪的表露。而不是这些平静的、有节奏的句子。不是这个平心静气的面具。我仅有一次注意到刹那间的情感闪现：他讲到动物的时候，喉咙有点哽噎。对于人，他似乎没有任何怜悯。他演讲中时不时地朝讲台前面看过去，猛禽似的目光扫过听众。后来，我想我明白了他为什么不想回答问题。你经历过问答环节吗？在这种场合，至少没有人发表某种轻率的评论，或者没有问那种不相干的问题，表明他们刚才根本就没有在听演讲人说的话。我想象得出，对于这个演讲人来说，他这次演讲完以后，类似这种事情会令人无法忍受。也许，他是担心自己会发脾气。因为情况当然就明摆在那里：在冷静和控制的背后，你能感觉到它。深沉的、火山般的情感。假如他允许自己表达这一情感，那它就会从他的头顶喷涌而出，把我们所有人烧成灰烬。

我觉得听众的这种行为也有点奇怪，甚至匪夷所思。他们在未来的可怕景象面前，在他们的孩子即将面临的更加可怕的景象面前，他们竟然如此温顺。就这样平静地、有礼貌地听着，好像这个演讲人不是在描述这样一个时代，自然秩序可怕地颠倒，首先是年轻人羡慕老年人——根据他的说法，这个阶段已经在发展中——然后是生者会羡慕死者。

你为何事而鼓掌呢，但我们就是那样做的，尽管我想我们要是不那么做，甚至会更加奇怪——但是我现在是说早了。

鼓掌前，讲座结束前，这个人抛出一个事实上会打破平静、引起轻微骚动的话题。听众席上传来一阵低语（对此这个人并不理会），人们在座位上变得不安起来，我注意到一些人在摇头，我听到身后某一排一个女人神经质的笑声。

结束了，他说。太晚了，我们犹豫不决的时间太久了。我们的社会已经变得极其支离破碎、功能失调，我们无法及时改正我们犯下的灾难性错误。无论如何，人们关注的内容还是难以捉摸。不管是世界各地一个季节又一个季节的极端天气事件，还是上百万种动物物种灭绝的风险，它们都无法将环境破坏推为我们国家关注的首要问题。多么伤心啊，他说，看到来自最有创造力、受过最好教育的阶层中的这么多人不是如我们所希望的那样提出创造性的解决方案，而是热衷于个人的治疗、伪宗教活动；这些活动促进疏离，执念于片刻，随遇而安，在俗虑尘怀面前保持平静。（这个世界仅是一个阴影，它是个残骸，它什么都不是，这个世界不真实，别将这个幻象误认为是真实世界。）自我照顾，摆脱一个人自己的日常焦虑，避开压力：这些已然成为我们社会的一些最高目标，他说——显然高于拯救社会本身。正念愤怒只是另一种干扰，他说。我们当然应该有压力，他说。我们应该完全为恐惧耗尽。正念冥想也许会帮助一个人泰然地面对溺亡，却绝对无助于挽救泰坦尼克号，他说。达成内心平和靠的不是个人努力，对他人的同情不可能激发起及时的防止行动，相反，要靠对即将降临的厄运的集体的、狂热的、过度的痴迷。

这个人说，否认巨大的苦难就在眼前，或否认有什么人能够逃过这一劫，都是没有用的。

那我们该怎样生活呢？

我们应该开始问自己的一个问题是：我们是否应该继续生儿育女。

（瞧，之前我提到的骚动来了：听众席间的窃窃私语和不安，那个女人神经质的笑声。还有，这部分内容是新的。孩子的话题在杂志上发表的那篇文章里没有提到过。）

说得更清楚些，他并不是在说每个孕妇都应该考虑堕胎，这个人说。他当然不是这么说的。他是在说，也许人们一代又一代计划生育的方式的观念需要更新了。他是在说，把人类引入一个在他们有生之年非常有可能成为荒凉而可怕的，甚至根本不适合居住的世界，也许是一个错误。他在发问，盲目向前，假装这个可能性极小或根本就没有可能，会不会是自私的，甚至也许是不道德的、残酷的。

他说，毕竟，这个世界上难道不是已经有无数的孩子迫切需要保护，免受种种已经存在的威胁的伤害吗？不是已经有千千万万的人在遭受人道主义危机，而另外千千万万的人却选择去忘记这些危机吗？我们为什么不能把注意力转向我们周围大量有这种遭遇的人呢？

这个人提高嗓门说，而此时此地也许是我们救赎自我的最后一次机会。一个面临自身终结的唯一道德的、有意义的进程：学会如何就我们已经对人类家庭、对其他各类生物和我们美丽的地球家园所造成的毁灭性伤害请求得到宽恕，并在某种很小的程度上赎罪。尽我们所能去爱对方，去宽恕对方。以及学会道别。

这个人从讲台上拿起他的平板电脑，快速地走向后台。你从听众鼓掌的节奏中听出他们的困惑。就这样啦？他还会回来吗？但是现在重新出现在讲台面前的是之前介绍他的那个女人；她感谢大家的到来，并祝我们晚安。

于是，我们起身，随着人流走出礼堂，迅速涌出大楼，沐浴在夜晚清新的空气中。尽管这是有记录以来最温暖的年份之一，但就目前而言，这是这个地方当月最适宜的温度。

我边上的一个声音说，我需要喝上一杯。另一个声音回应道：我也想！

离去的人群中笼罩着一种压抑的气氛。一些人表情茫然，一声不吭。另一些人则对没有问答环节议论纷纷。一个人说，这也太傲慢了。另一个人说，可能他有点生气，不是满座。

我听见有人说：真无趣。

还有：是你要来听这种东西的，可不是我。

走在一群长者中间的一个老人把大家都逗笑了。哦耶！结束了，结束了，结——结——结束了。我还以为台上的是罗伊·奥比森[1]呢。

我听见：耸人听闻……不负责任。

---

1 Roy Orbison（1936—1988），美国歌手，作曲家，蓝调摇滚音乐创始人。

还有：完全正确，每个词都正确。

还有（十分恼火地）：能不能请你告诉我，这他妈的有什么意义？

我加快了步伐，把人群甩在身后，但是和我几乎同步的是个男人，我认出他也是个听众。他身穿黑西装，脚上是跑鞋，头戴一顶棒球帽。他独自一人，边走边吹口哨，吹的是《音乐之声》中的一首曲子，《我最喜欢的东西》。

我需要喝上一杯。说实话，听到有人说这句话之前，我一直就在这么想。回公寓上床睡觉前，我想喝一杯。我已经决定从校园里走回去，就像我来的时候那样（一英里不到），我知道路上我会经过几个有酒喝的地方——我只要来杯葡萄酒。但是我对这个城市并不熟悉，所以不能肯定什么地方——如果有这么个地方的话——我能很爽地一个人喝上一杯。

我注意到的每个地方都人满为患或者太嘈杂，要不就是因为别的什么原因，没有吸引力。一种孤独和失望的感觉攫住了我。这是一种熟悉的感觉。我想起一个我认识的女人，她已经开始拎着她的酒瓶独饮了。我正准备算了，不喝了，就在这个时候，我想起我的房东住的那条街的街角有家咖啡馆，我之前经过的时候已经没有顾客了，而且我注意到是有葡萄酒供应的。

当然，这个时候这家咖啡馆不是空的。但是，从街上看过去，我能看到，虽然所有的桌子好像都坐满了，不过吧台那儿还是有座位的。

我进去坐下。有那么一刻，我有点慌，因为那个侍应生，一个小伙子，不理会我，尽管当时他并不在招呼其他人；他身上华丽的文身和脸上的胡须让我想起一幅人物风俗画。我拿出手机这个可靠的后盾，玩了一会儿。

玫瑰上的雨露，小猫的胡须。[1]

终于，侍应生慢吞吞地走了过来（这么说，我之前并没有被当成空气），拿了我的单子。终于，我喝上了。红葡萄酒：我最喜欢的东西之一。漫长而辛苦的一天后，我思绪万千，如果能喝上一杯，我就能更好地整理思绪。但我马上就被身后那张桌上的对话分了心。除非我转过身去，否则，讲话的两个人我看不见。我没有转身。但是很快我就知道了他们的故事的要点。

1《我最喜欢的东西》中的歌词。

一对父女。母亲去世了。一年前，她在与病魔进行了长期的抗争后去世。他们是个犹太家庭。揭开面纱的时间到了。女儿从外地赶回来参加仪式。父亲压低了嗓音，简直就是在喃喃自语。女儿嗓门越说越高——部分原因是侍应生因为某种原因不断在调高音乐——到最后，她几乎是在吼叫。

你妈妈太难了。

我知道，爸。

她所经历的。

我知道。我在场的。

当然，她很勇敢。但没有人能那么勇敢。

我知道，爸，我在场的。我全程都在。事实上，这是我当时一直希望我们能谈谈的事情。你记得当时的情况，爸。我才是处理一切事情的人。你那么担心妈，她那么担心你。我懂你们俩都太难了。

我记得对她来讲有多难。

我当时一直希望我们能谈谈这件事，爸。当时我自己也在经历很多很多——没人真正知道。你和妈是为了彼此在场，我在场是为了你们俩。但是没有人为我而在场。好像我自己的需求就得抛在一边，而我们从未真正处理这一部分。我的心理治疗师说这就是我为什么现在有这么多问题。

（听不见。）

我知道，爸。但我在说的是，当时我也很难，我现在仍然很难，这一点我需要得到承认。一直以来，情况还在继续，还在影响着我的日常生活。我的治疗师说这必须处理。

我觉得葬礼进行得很顺利。你觉得葬礼怎么样？

我回到房东的公寓时，发现她坐在餐桌旁，手里端着一杯茶。

我看见你了，她说——让我一头雾水。

听讲座的时候，她说。我在那里看到你了。

哦，我说。我没看见你。

她说，你在后排，我坐在最前面。我和一个朋友在一起，她总喜欢坐得很靠前。我们离开的时候，我看见你了。你有没有在哪里停下来找点东西吃吃啊？

嗯，我撒了个谎，觉得很可笑。是不是因为我不好意思说我停下来喝了酒？事实上，因为我在医院的所见——

以及所闻，那天离开医院后，我一口东西都没能吃。

她要给我沏点茶，我婉拒了。

她说，我不知道你喜不喜欢那个人，但是我真的不喜欢。是我朋友说我们应该去听他的讲座，因为她是他的铁粉。说心里话，我们要不是就坐在他的鼻子底下，我想我可能会起身离开的。我的意思是，我知道他是个大知识分子什么的，有重要的事情要讲，但我认为语气很重要，他的腔调真的让我很烦。我并不是说他讲事情有多么糟糕不对——相信我，我为我的孙辈们的未来深感担忧——但是，像那么讲，像是没有希望了，我不知道，不过，对我来说，那听起来似乎就是不对。我认为任何人都无权告诉人们没有希望了。你不能站着说话不腰疼，告诉人们没有希望了！这说不通啊。他认为你能够带走人们的希望然后期待他们去——他说什么来着？——爱对方，宽恕对方？我要问，这怎么可能？

我同意，这个问题问得好。

她说，如果人们对生活真的那么不抱希望，以至于都不想生孩子，你能想象吗？听上去像是反乌托邦小说里发生的事情。事实上，我肯定在哪本书里看到过这种事。要不就可能是那个国家把怀孕定为犯罪。我记不清了。不管怎么说，我不相信他是认真的。告诉人们别再生孩子。他究竟是谁啊？

他是我前男友。但我没说。

她说，你有没有注意到，即使这是个校园活动，却几乎没有年轻人参加？

我注意到了。

她说，我猜想，其实这并不是他们的原因。

她说，不过，我也不能说这样度过一个夜晚没有意思。你觉得呢？

我也认为这样度过一个夜晚很有意思。

你确定不要喝点茶吗？什么都不要喝吗？来杯葡萄酒？

我说，不，不用了，谢谢。

我进房间前，突然想到要告诉她听完讲座吹着《我最喜欢的东西》离开的那个男人。

她说，哦，很搞笑啊。她发出短促而尖锐的笑声。我一直都不喜欢那首多愁善感的歌，但是我的确记得全部的歌词。

于是，那天又一个奇特的时刻，我站在一栋陌生的房子的厨房里，听着一个我并不了解的女人从头到尾唱出《我最喜欢的东西》。

躺在床上，关灯之前，我从床头柜上的一堆推理小说中拿了最上面一本。以1970年代丑陋、阴暗的纽约为背景，海史密斯和西姆农传统下的心理惊悚小说。

一个男人在密谋要杀死妻子。他和她结婚时间不长，除了他们第一次见面后有过一小段时间的性迷恋，他从来都没有真正在意过她。完全可信的是，因为她既刻薄，又自私，而且看不起他，所以，这个男人便慢慢开始恨她。这个男人内心深处一直都厌恶女人，部分原因是他妈妈在他小时候喜欢揍他。他似乎没有哪次和哪个女人发生性关系——从他经常光顾的城里的妓女到他的合法妻子——而不产生强烈的羞耻感。从童年时代起，因为他妈妈的缘故，他就常常幻想着谋杀这个或那个女人。在他心里，他把这些女人戏称为“候选人”，要勒死的“候选人”。

这个男人安排好带他妻子去他们第一次度蜜月的加勒比海度假胜地度他们的第二次蜜月。他选择度假酒店作为下手的地点，因为他认为要伪装一个从他们的房间阳台非法闯入的犯罪现场易如反掌。“窃贼”会发现他妻子独自一人，结果就勒死了她。这个男人缜密地计划好了每一个细节，然后就坐等计划好的几个月后他们出发的那一天。当然，在此期间，他发现他妻子的行为发生了一些变化，对此他不能肯定个中原因。他开始相信她在隐瞒什么事情，这可能会挫败他的计划。结果发现，他妻子的秘密是她怀孕了。他知道她怀孕的同时知道她刚刚堕胎了。妻子是个天主教徒——尽管已经放弃了这一宗教信仰——她鬼迷心窍，老是觉得自己会下地狱。

这个男人几乎不敢相信自己运气会这么好。不需要一路艰辛地去往阿鲁巴岛了。用不着伪造破门而入了。最好的是，无需再等。他妻子正好给了他一个完全可信的理由让她结束自己的生命。他甚至无意之中听到她向她最好的朋友哭着说她害怕，在教会的眼里，她犯下了谋杀罪。于是，这个男人开始设计新计划里一个个具体细节。

可是，谋杀还未来得及实施，他妻子又让他大吃一惊，因为她和一个男朋友私奔了，而这个男人甚至从来都没有感觉到他的存在。他得知这件事后，气得像头发怒的野兽。他直接开车去了妓女家，勒死了她，然后又勒死了她的皮条客；皮条客正好在隔壁房间看电视。事后他想，尽管除掉那个女人给了他一直在寻找的快感和解脱，但是杀掉那个男的才让他颇感自豪。再后来，他回想除掉这个女人时自己的感受：他对她其实没有敌意。他认为她不该死。但是，他也不为她感到难过。她是个妓女，妓女总是被杀掉的。她们咎由自取。

第一部分到此结束。

帕特里夏·海史密斯曾经承认她喜欢罪犯，她发现这种类型的人极其有趣，甚至因为他们有活力，精神自由，拒绝向任何人低头而令人钦佩。但是大多数犯罪小说里的罪犯不是这样的。特别是那些杀手，尤其是那些连环杀手，不是这样的。这个罪犯具有我们所熟悉的暴力精神变态者的一维人格。他残忍，是虐待狂，缺乏良知和共情。让他比别的罪犯多一点招人喜欢的地方是，他渴望自我完善。他才20多岁，耿耿于怀的是他不知怎么错过了他生命中某个非常重要的部分，他把这个部分与对艺术的理解和欣赏联系在一起。小说一开始，是一个迷人的夏日黄昏；他独自一人在林肯中心那闪闪发光的新落成的楼群里闲逛。他在广场中央喷泉喷出的水流上看到了彩虹，羡慕地注视着人流涌过去观看各种各样的表演，这是一件他自己从未做过，而且连想象一下自己去做都难的事情。可能他在设计一次残忍的犯罪行动，但是他也幻想着“学到更多的文化”。后来，同样的渴望驱使他偷偷溜进哥伦比亚大学的课堂。学到更多的文化，阅读有影响的书，懂些音乐和艺术——他希望一旦他摆脱了杀妻的念头，他就要在这些事上面多花点时间。杀手性格的这一面并没有使我喜欢他，但这确实让我同情他。我有种感觉，这一长处，一如其罪孽，也在击垮他这件事上起了作用。

当然，不用去刨根问底我因此非常高兴。我很高兴小说看到第一部分结束、30来页的样子，我就把书放下了。对凶杀案是如何侦破的，我没有多少好奇心。推理小说结局如何对我来说从来都不重要。事实上，我发现了，用很多页的篇幅描述迂回曲折和其他大惊小怪的事情，结局通常是令人失望的，坏蛋被抓住，最终被绳之以法或被处死，一成不变是最不能令人激动的桥段。

我喜欢养老院里一个老太太的故事，她有本书，是侦探小说，她能够看了一遍又一遍，每次都好像是第一次看一样。看完的时候，她就忘了前面讲的是什么；重新开始看的时候，她又会忘记它最后是怎么收场的。

我的房东有听力障碍。她没听见我走进客厅，尽管我没有刻意地要轻手轻脚。那是第二天早上，我准备走了，我过去谢她，并跟她说再见。她没有看见我，因为她站在窗口，往外看。我跟她说话的时候，她倒吸着一口冷气转过身来，一只手按在胸口上。

有些女人过了一定的年龄之后，某种婴儿般的东西就会重新出现在她的脸上。脸变胖的同时肉松弛了，你能够想象出这个女人小时候蹒跚学步时的样子。我面前的这个女人就是如此：像个受了惊吓的蹒跚学步的孩子。她在哭。我说不好这个事实在多大程度上加深了我的这个印象。

当然她没事，她说，短促而尖锐地大笑。没什么不对劲儿，她说，根本没什么。我只是，嗯，你知道的。我只是在想事情。

想象一下我昨晚看到你在听众席上时，我有多么惊讶（他写道）。你搬家了吗？我之前不知道。我想，如果你想和我聊一聊，事后你会找我的。我想，如果你想被看见，你就不会坐那么后面。不管怎么说，我真的想让你知道我看见你了，谢谢你来。我本想晚饭后想办法联系你的，但后来时间太晚了。我又想，也许如果你愿意早上早些起来，我离开前我们可以在我住的酒店共进早餐。后来我突然想到和我吃早餐这个想法也许会让你很害怕。唉，现在太迟了。我人在机场。再次感谢你到场。对我来讲，在那里，知道你在听是不一样的。我希望你一切都好，也希望你不介意我给你发这条信息。我担心它也许会让你痛苦，但看起来这样做是合适的。但是，不用说，请不要觉得你一定要回复。

让我痛苦的是看见他比原来老了很多。并不是说他曾经很帅，他仍然很帅。唯一比看到你自己变老更难受的事情是：看到你爱过的人变老。

她说，她只是在想事情。

福楼拜说：思考即受罪。

这和亚里士多德说的“感知即受罪”是一个意思吗?

永远都要尽可能地让观众受罪。阿尔弗雷德·希区柯克。

受罪的豆煮玉米。西尔维斯特这只猫。

第二章

我朋友一直在接受的癌症治疗——其中包括一种尚处于试验阶段的疗法——取得的成功超出了谨小慎微的医生们允许她希望的程度。

她要活下去了。

或者确切地说，像她所说的那样，她不会死了。

实际上，她所说的是：我不用现在就道别离场。

现在，她在欣快与抑郁两种状态之间摇摆。因为显而易见的理由而欣快；抑郁则是因为，哎，她也搞不清究竟是为什么，但有人警告她要做好准备。

她说，听上去荒唐。但是，一直都以为这就是结局，努力让自己为此做好准备，现在看来，活下来感觉真没劲。

事实上，她收到诊断结果时的第一个想法是：她根本不会接受任何治疗。当她得知患了她这种癌症、在她这个阶段被诊断出来的人的存活率（根据她的研究是一半对一半，尽管她的肿瘤科医生不愿意被迫做出明确表态），她预见到，她要接受很长一段时间痛苦而令人衰弱的治疗，在此期间，她会难受到生活完全不能自理，而且很可能这种治疗也还是救不了她。她说，这种事她见得太多了。我也是。我们所有人都见过。但我们仍然力劝她别屈服，我们坚持认为，她必须做任何可能的事情来对抗疾病。一半对一半：不是最坏的概率。

最后，说服她没太费事。她还不想早早就道别离场呢。为什么不做个小白鼠呢（尽管她的医生再三反对，她还是一直这样称自己）。

只有一个人没有试图去改变她的主意。她女儿只说了一句：这是你的选择。

我听了这句话，感觉心往下一沉。这两个女人历来关系紧张。我朋友开玩笑说，如果一次争论的焦点是一块骨头，那我们之间争论的焦点已够制作成一副人体骨骼了。[1]她经常拿她和女儿之间的关系开玩笑，部分原因是幽默是她个性中的一大特征，还有就是这是她对付困难的方式。我现在还记得她女儿出生时的情形：孕期就异常麻烦，最后分娩又折磨得她精疲力竭，产后大出血严重到需要输血——我猜，你把一个魔鬼带到这个世界，就会发生这种事，她后来会这样开玩笑。

她们俩的住地之间相距两千英里，尽管我朋友诊断结果出来时她们相互是说话的（而不是我好多次想起来的那样，她们俩相互间不说话），但是她们已多年没有多少联系。

朋友对我说，我甚至从未见过和她同居的那个男人。他们结婚后我才听说，我并不感到惊讶。

这是你的选择。不能由我去对这一反应做出什么判断。也没必要往它上面附加最残酷、最凶险的寓意。但我知道我朋友听了会是什么感觉，我也知道这会给她造成多少的痛苦。

---

1 “争论的焦点”原文为 bones of contention，由“骨头”（bone）到“骨骼”（skeleton），“我的朋友”这里以玩笑的方式来说她们母女俩的争论之多。

我想到这对母女的时候，不正常是不断出现在我脑海里的一个词。因为在我的记忆中，她们俩之间似乎只有误会。她们俩住在同一个屋檐下的时候，关爱之情的例子就极其罕见。女儿一搬出去，这种情况更是消失得无影无踪了。

我朋友刚说出一句要是我当初知道会是什么样子，我肯定她接下来就会说：我就绝对不会要孩子。但事实上，她说的是：我会尝试至少再要一个孩子。

从前，面对一个因为某些特征——疾病或残疾，缺乏爱心、行为不良——而令人困惑或者让人厌恶的孩子，父母亲便非常愿意相信他们自己真正的孩子被偷走了，而小偷（根据很多民间传说，他们大多数可能是魔鬼或仙女）留下了一个替身，而这个替身实际上是个侏儒，一个小魔鬼，或者是某种非人类的东西。想象一下，调包的神话多少次成为虐待儿童的理由；那些虐待方式包括体罚、忽视、遗弃，甚至是杀婴。

任何关于我朋友的女儿可能在出生时被意外调包的想法都很容易就被否定：她有着和她妈妈一样漂亮的蓝眼睛，连瞳孔周围一圈金黄色虹膜都是一样的。同样的心形脸，同样的罗圈腿，两人的声音都难以区别。但是，我记得听我朋友不止一次地说过：如果我们生活在黑暗时代，我敢发誓这孩子一定是调包的。

追问为什么时，她恼怒地发出一声叹息。就是感觉她不像我的孩子。

这话每次我听到都是一个寒颤。

而且，她说如果她早知道事情会变成这样，她会尝试再要个孩子的时候，我听了同样也是一个寒颤。但是我认为我懂。假如她还有一个孩子，假如她和这个孩子关系融洽一些，不是就能证明和她女儿的关系最后搞得这么僵并不全是她的错了吗？我懂。或者至少我试图去搞懂。

她也会坚持认为，如果她女儿是个儿子，那么一切都会不同了——意思是会好一些。

这是我听到过的最悲伤的故事，20世纪最有名的一部小说这样开头。[1]我听到有人说起他们凌乱不堪的生活，尤其是不幸的家庭的时候，常常想起这句话。

---

1 见英国小说家福特·马多克斯·福特（Ford Madox Ford, 1873—1939）的小说《好兵》（*The Good Soldier: A Tale of Passion*, 1915），该小说最初的标题为《最悲伤的故事》（*The Saddest Story*）。

有个父亲，当然。确切地说，是父亲的鬼魂。他们整个中学期间都在同一群人当中，快毕业时，就在他应征入伍之前，他们成了一对儿，但时间短暂。等他从战场回来，他们也想努力好好相处，却没有成功。我朋友承认，女儿是分手炮的结果。

她说，我们知道结束了。但是我们并不生对方的气，我不知道我什么时候会再有性生活。是我坚持再最后来一次的。

她说，她从来都没有想过要结婚。她不爱他，她从来都没有爱过他——除了都怀念中学时光，他们俩没有任何共同的兴趣——她不想她未来岁月里这个男人出现在她的生活中。她告诉他她怀孕的时候，她也明确表示，她并不指望从他那里得到什么。她父母富裕，而且巧得很，他们得知女儿的情况后更多的是感到高兴而非不安。他们一直以来都感到很遗憾他们自己只有一个孩子，未能多生几个。不管是什么情况，他们要有孙辈了，这个理由值得庆贺。

因为我朋友的男友从战场上回来后感到失落，而且除了确定他没有准备好当父亲这一点，其他的他几乎什么都不能确定，所以，他一门心思想从这件事中脱身。不管怎么说，他渴望离开家乡，到其他地方开始新的生活。他甚至都没有等孩子生下来就拔腿跑了。

十年杳无音信，最后传来了他的死讯。有一天，他和他妻子碰巧外出。他们行驶在乡间，就在这个时候，他们发现一栋房子二楼着火了，他妻子后来解释说，她丈夫说听到里面传出尖叫声。他冲进房子，上了楼梯，然后，因为高温和浓烟，他心脏骤停。消防队员几分钟之后就赶到了，却未能救活他。至于尖叫声，他妻子说自己根本就没有听见，后来发现，火灾发生时，家里根本就没有人。

我朋友说，我应该永远都不告诉她这件事情的。我应该一直假装我不知道她父亲是谁。

在母亲的眼里，这个从一开始就微不足道的父亲随着时间的流逝实际上根本就不存在了。对女儿来说，缺席却使得他的形象显得越发高大，而死亡则令他变成了一个巨人。

帅呆了——看看那本中学年鉴。（你会指望他和某个漂亮得多的人在一起，这是从女儿箭袋里射出的一支锋利的箭。）一个战士：勇敢、浪漫。一个英雄，为了从一间着火的房子里救出陌生人而牺牲了自己的生命。这样的一个男人不会轻易抛弃自己的孩子。然而，她从来都没见过他。她甚至从来没跟他说过话。

而这是谁的错?

我朋友说，她有一天清理女儿的壁橱时，发现了她一直在偷偷地给他写的信，这让她心都碎了。

在信里，她似乎发泄出了她对母亲和外公外婆所有的怨恨。

我知道他们没有给你一次机会。我知道我母亲是什么样的人，我知道她会为达目的不择手段。

她恨自己是个单身母亲的孩子——在她成长期间，朋友中她是唯一一个这样的孩子。她永远也摆脱不了自己没有父亲而产生的羞耻感。同样持久的是她对母亲约会的所有人的敌意。我朋友虽然绝不会结婚，但是在她女儿长大的过程中，她前后与几个男的有过恋情；对他们每一个人，女儿都极尽无礼之能事。说她帮忙赶跑了一些，不会是不公平的。

她非常讨厌在外公外婆家长大，好像她和母亲是姐妹一样。（我朋友说，坦白地说，我把孩子的很多事情都留给了我母亲，这也是母亲所希望的，所以，我真的感觉自己更像是个姐姐，而不是母亲。）看到母亲和外公外婆相处得如此融洽，女儿就无法忍受。在他们中间，她是外人，是她父亲的女儿，不像是她母亲家的人，她和他们根本无法相处。

我绝不会原谅插足我们中间的那个女人。

我朋友说：那个女人当然就是我。

它们就是情书。

我朋友说，她已然对他产生了强烈的感情。为了和他在一起一小时，她会把我们所有人统统卖掉当奴隶。

她说：那就是最让我烦恼的事情。好吧，恨我吧。是我意外怀孕拒绝了奉子成婚，我是个糟糕的母亲。但是，我父母呢？他们所做的一切就是爱她、照顾她，而她却让他们度过的本该是金色的岁月变得痛苦不堪。那是我绝不会原谅她的地方。

要是她早知道事情会变成这样，她会尝试给他们再生个外孙或外孙女的。

这是我听到过的最悲伤的故事。

上中学时，她写了一首关于父亲的诗，其中有这样两行："我就是着火房子里的那个人/我就是你听见尖叫的那个人。”

照她母亲的描述，这首诗说的全是她整个生活是怎样的悲剧这类话。这备受宠爱、备受呵护的孩子，她在长大成人的过程中，在一个充满苦难的世界里享有一切可以想象的优待，而她却在诗里把自己说得像个孤儿，一个难民，一个受诅咒的船夫。她倒是敢这样称自己。

那首诗里还有一行，“我是个易动感情的船夫”。

她的外公外婆也被那首诗搅扰得心烦意乱；诗中，他们被指责为冷酷无情、多金的势利鬼，与其说他们是有爱心的家人，倒不如说他们是敌人。

我朋友说，他妈的压下来的最后一根稻草是，后来，学校给这首诗评了个奖！

这里不妨透露一下：对这个女儿我从未有太多的同情。我从未喜欢过她。不得不说，她是个极不讨喜的小姑娘。我现在回想起，我以前因为讨厌她曾感到非常内疚：她毕竟还只是个孩子。但是之前我从未遇到过这么乖戾的孩子。她用骗子的手段撒谎。她故意损坏自己的玩具。有些东西她开口要就能有，她偏去偷。她欺负比她小的孩子。她外婆送给她一只小猫，她就虐猫，结果它几近变成了野猫。

等到该上大学了，她就只申请离家很远的那些州的大学（她母亲说，准确地说，她想尽可能地离我远点）；后来读研究生，她离得更远，还在国外待了几年。对写作她一直显示出一种天赋和激情，可她并没有从事文学生涯（我朋友说，追随我的足迹？从来没有的事情），而是进入了商界，具体是为客户提供业务管理方面的建议，最终专门从事酒店管理和娱乐业。在这方面，她发展成某种奇才，因为这类工作需要经常出差，而比起工作本身来，她更爱出差；又因为她的这份工作，出差通常意味着享受免费豪华游，她小时候我们就认识她，但都没有预料到她后来会这么快活。

一旦她完全独立，摆脱了家人，她对他们的敌意就减弱了。外公外婆相继离世，让她产生了她母亲逐渐担心她不可能再有的懊悔。说她们母女俩和好了会是一种夸大其词——她们俩之间永远不会有真正的和平共处——但是，关系没那么紧张了；至少有几年，她们设法融入彼此的生活，就像正常的家庭关系那样。

但是太迟了。她们之间有着太多不堪回首的过往，太多的嫌隙。（带着典型的家庭功能失调的思路，我朋友很容易就原谅了她父母把票投给共和党，但永远不会原谅她女儿。）最后，放手更容易，互不来往。我朋友没见过和她女儿同居的那个男人，她女儿也不知道她母亲一直在和别人约会（这个男人一旦清楚她可能病得很重，他的兴趣就凉下来了）。

我朋友诊断出来的时候，就是这种情况。

这是你的选择。我朋友说，这叫什么话。这是你的选择。句号。好像是件小事。好像和她毫不相干。

我握着她的手，我试着安慰她。我说，人都会说错话的——

她说，你不要孩子是明智的。

无论如何，这不是她第一次对我这么说，但这次说得特别铿锵有力。随后，好像意识到也许不该对我说这个，她又说道：你知道吗，我特别关照其他人今天下午别来看我，因为我想就我们俩。

我没有什么真正的新闻要分享，所以我就聊一些别的事情，平常的事情，我在看的书，看过的电影，和我同住一栋楼里的人因为听说公寓里有臭虫而抓狂等等。我和我朋友20岁出头就认识了，当时我们在同一家文学杂志社工作。总编，也就是我们以前的老板，那年早些时候去世了，我们聊他，聊我们过去在杂志社工作时的日子，聊到现在杂志创办者和总编不在了，杂志前景会怎么样；我告诉她我参加追悼会的情况；她说，要是没生病，她也会去的。

我们聊到了共同的朋友，我们在杂志社工作时第一次见到的其他人，那些和我们还走动的朋友，那些和我们已经失去联系的人。那些已去世的人。对所有关于死亡的话题我都感到顾虑重重，因为其中涉及的一些死去的人（比如我们以前的老板）得的就是现在威胁我朋友生命的同样的疾病，不过，是她控制谈话的方向，我们在一起的时候她总是这样：这是她一贯的做事方式。

尽管因为药物的缘故她有点昏昏沉沉（而且，我相信她处于疼痛状态下，不过，她不承认），但是，她依然以她那种出了名的坚定的态度继续讲着话，毫无疑问，她是个把大半辈子时间都花在讲台上的人。我想起她总是出了名的精力充沛。她是那种被其他人描述为斗士、幸存者的人，正因为如此，她宣布准备放弃治疗时，我们这些认识她的人都很惊讶。等到她改变主意了，我们反而都不感到惊讶。然而，她害怕治疗，这并没有错。一见面的时候，我差点都认不出她来了。脸色苍白，瘦得像麻秆，她这么说，试图要我做好心理准备。曾经拥有的一头瀑布般一缕缕的黑发统统掉光了。

我来了大约一小时的时候，我们被她的肿瘤科医生打断；医生是个年轻的、褐色皮肤的古典美男子，像电影里主演医生角色的明星；我在被要求离开病房前，她在撩他（他巧妙地、一副好脾气地回应着她），看到这一幕，我很感动。一个单人房间。（她对我说，你无法相信这要花多少钱，但是，整天躺在这儿，有个室友在看电视，或煲电话粥，想想要这样我就受不了。我甚至都受不了在候诊室待上几分钟。而我则告诉她一年前因为做一个小手术在医院住了一个晚上的情形，我不得不听隔壁病床上的那个女人打电话，连着打了几个小时，把她最新的状况告诉无数的人，包括她的美发师，而且怪得很，有个人显然很是困惑，这个女人只好跟对方解释他们是如何认识彼此的。）

医生诊断结束后，我们从刚才停下来的地方接着聊。接着，突然间，她就往后仰了过去，精疲力竭的样子。太突然了，似乎是中弹倒下一样。她没有力气再讲下去，但叫我再多待一会儿。一个护士进来抽血，我朋友对她厉声呵斥，我现在已不记得看上去是因为什么了。（事后她只说了一句我不喜欢那个人。）那个护士一副职业性的镇定自若的样子，出去时，朝我眨了眨眼。癌症护理培训要求她们学会原谅。

我们吻别时，我的朋友说，你来我非常高兴。

我告诉她我还会再来，第二天。

你今天晚上要做什么？有什么事要做吗？

我告诉她，我准备去听我前男友的一个讲座。

她说，哦，他。然后她翻翻眼睛。

我问她有没有看过那篇文章，讲座就是以那篇文章为基础的，她说她看过。

她说，看到他还是以前那种有趣的样子，很好哦。

最近，有个故事收入了一本文集，取材于我和我朋友都很熟悉的真实故事；我们熟悉，因为它涉及我们以前认识的一个人，另一个老同事。一名大学老师，他被班上一个年轻人给征服了，这个年轻人恰好让他想起了他年轻时爱到痴迷的那个漂亮的男青年。他经不住诱惑，就引诱了那个学生，他的感情得到回应时，他兴奋不已。随之而来的是一场轰轰烈烈的浪漫爱情，两个男人都希望，尽管有两代人年龄上的差距，但他们的关系会持续下去的。可没过多久，就发现原来这个年轻人其实就是教授的前情人的儿子。这一发现在教授的心理上引起了一连串深深的不安。他立刻断绝了这段关系，可是再也没能回到正常的生活上来，他变得心烦意乱，最终自杀身亡。

我现在还记得，当时，我们谁都不完全相信，真相暴露前，这个人竟然不仅忽视了父子俩长得很像这一点，这条线索其实非常明显，而且忽视了一个更大的线索：他这两个情人是同一个姓。同样令人难以置信的是，这些非同寻常的“巧合”他竟然一次都没有跟这个学生提起过，显然也从未试图去了解清楚它们背后是否还有更多的什么东西。

否认的力量。这种事情发生过不止一次。比如，一个女孩在一个中学卫生间发现自己要分娩了，后来发现她不知道自己怀孕，她体内发生的诸多变化一直被她归结为——管它呢。

人类的思维自欺起来简直就没个底：在这一点上我的前男友肯定没说错。

在那部出版的小说——由那个年轻的（呃，不再年轻了）情人写的——中，人物的性别和其他细节已经改掉了，这样，教授与之有染的那个学生竟然是他从未被告知存在的女儿。在小说作者看来，这样处理将会创造更戏剧性的冲突，使得自杀更有说服力。当然，真实的情况更有趣，我朋友不是唯一一个认为作者实际上“毁掉了”这个故事——忘记了真实发生的事情不是一个虚构作品。有些跟教授走得比较近的人看到他被塑造成一个虚构人物，感到很不安，他们认为这个故事根本就不该写出来或出版。

但是，情况就是如此，我们现在都能看到的。又一个最悲伤的故事。

《耶稣，你知道》[1]是我大约十五年前看过的一部奥地利纪录片的名字，看完就忘不掉了。《耶稣，你知道》。片中有六个天主教徒，分别独自身处一个不同的空荡荡的教堂里，他们同意跪在那里，面对安在圣坛上三脚架上的摄影机大声祈祷。这些普通信徒，三男三女，满腔的想法，一

---

1 *Jesus, du weisst*。

脑袋的问题，他们想告诉耶稣的事情太多了。“你知道”这句话重复了好几次。（事实上，《你知道，耶稣》才是更准确的名字，这儿的意思是日常交谈中说的话，指的并不是全知的上帝。）这些私密的、单方面的谈话，大多是关于家庭问题，更像某种你会期待听到一个人告诉心理医生或者告解神父的内容，而不是说到祈祷这个词的时候，我们脑海里就会浮现的东西。倒不完全是写给上帝的情书，也不是向着上帝提升自己的心灵和思想，或者像天主教会定义的那样，想从上帝那里获得美好的东西。

一名女性情绪沮丧，因为她丈夫中风了，现在整天在家看烂电视节目。另一名女性吐槽自己的丈夫出轨。有耶稣的帮助，也许她能够找到合适的话，给那个女人的丈夫打个匿名电话。耶稣或许也会给她力量，不让她去用她承认已经到手的毒药谋杀亲夫。

一名上了年纪的男子不动声色地就他小时候受到虐待的事情向耶稣发问：我父亲为什么要打我。我母亲为什么朝我脸上吐唾沫。

一名年轻的男子从哀叹自己的父母不能理解他献身于宗教开始，一直描述到种种令他困惑的、有时是与宗教有关的性幻想。

一对年轻夫妇轮流谈论着他们夫妻关系中出现的不幸福，因为她要生活里的一件东西，而他却要完全不同的另一件东西。

他们这六个人一直在唠唠叨叨。没有其他办法描述他们。因为无法忽略的事实是，我们听到他们讲的话里大部分只能称为抱怨。夹杂进一种自卫的口吻：每个人似乎都感到一种急迫的需要，要解释自己的感受，仿佛在法官面前陈述案情一样陈述自己的处境。

和我坐在一起的为数不多的观众，不是每个人都看完才离开的。

片子里记录的祈祷道破了孤独、自我怀疑和悲伤之深。每个恳求者似乎都在呼唤爱——一种他们从未找到的爱，或者一种他们担心即将失去的爱。尽管影片中的人年龄不同，背景有别，但他们有两种重要的东西是相同的：宗教信仰和国籍。假如导演做的实验在别的一组组信徒，比如非奥地利人、非天主教徒当中重复，结果会一样吗？我想是的。看着这个片子，听着这些祈祷，我感觉自己像一个人类状况的目击者。

什么是祈祷？上帝在听吗？这是电影制作人要观众/窥探者仔细思考的两个问题。至于我，我走出影院时，想到了那句流行的、励志的格言：要心存善良，因为你遇到的每个人都在困境中挣扎。

经常有人说这是柏拉图说的。

看过这部纪录片不久，我碰巧听到电台播放的对电影制作人约翰·沃特斯的一次访谈。请他推荐一些电影时，他马上就说《耶稣，你知道》。他称之为“我最喜欢的假日影片”（我们还在圣诞季）。约翰·沃特斯说，那些人令人发狂。这部片子表明，若真有一个必须一直听人们祈祷的上帝存在，那他会疯掉的。

第三章

我去了健身房。多年以来，我一直是去社区的同一家健身房。其他一些人去那里的时间至少和我一样长，所以，不管什么时候去，我都见到同样的一些人。有个人尤其让我感觉奇怪：这么多年，不管我哪天，也不管哪个时间段去，这个女人都在那里。尽管我们从来都没有成为朋友——如果我们问过对方的名字，那我也已经忘记她叫什么了——但是，如果我们碰巧同时在更衣室里，就会聊上几句。我记得我们第一次聊的是《无尽的玩笑》这本书，她随身正好带了一本。我问她觉得书写得怎么样，她说这本书最好的一点是篇幅长。她说，这本书她会看好长时间。几个星期。她觉得，即使她不喜欢，至少她的钱花得值。（我不禁想起能含上一整天的棒棒糖。）这个女人说，她太讨厌花20美元买来一本薄薄的书——内容只能维持很短的时间，有时候甚至都不到一个周末。

她说，有时候，就是一本诗集。一本诗集他们怎么能要那么多钱啊？谁买啊？

我向她保证，没有多少人买。

当时，健身房的那个女人很年轻，我记得还在上学，或者也许刚出校门。艺校。我非常清楚地记得她长什么样，因为她太漂亮了，即使素颜，她的容貌也非常生动、引人注目，我也记得这如何让我想起一个故事，讲的是一个电影导演说一个童星，说她不应该化了浓妆拍电影，没想到旁人告诉他说小伊丽莎白·泰勒根本就没化妆。

健身房的那个女人也非常幸运，她即使不努力健身，也会有一副好身材。然而，随着时间的流逝，她的容貌发生了变化，虽然我不能说变化非常大，却也比大多数人大。人到中年，她体魄强健，但体重超标了，原先轮廓分明的五官变得模糊，不复当年的魅力四射。没人比她自己更清楚这一点了。在更衣室里，她弓着背坐在那里，身上裹着毛巾，一脸的委屈。他们一定要在这里装这么多面镜子吗？这些灯一定要见鬼的这么亮吗？

我同意她对这些灯的看法。它们见鬼的是太亮了。但是，她关于镜子的话让我迷惑不解。我很容易就做得到对它们视而不见。

更衣室那个女人想知道，一个人天天都来健身，吃的每一口都小心翼翼，可就是瘦不下来，这怎么可能？她说，她现在只吃以前的一半，但一年接一年她不得不吃得更少，就是希望别变成个大胖子。照这样下去，她每天就只能吃一根胡萝卜和一只煮鸡蛋了。她说，如果不难受，倒也没那么糟糕，但她胃里空空时，里面就像有只老鼠拼命想要爬出来；有时候晚上她饿得都睡不着。更衣室里的那个女人说，她知道听上去这像是疯了，但当她姐姐患了癌症并因此瘦掉30磅的时候，她不禁希望她也遇到这种事情。至于那么疯狂吗？毕竟，一直讨厌自己的外貌，总是和自己的身体作斗争，结果总是一输再输，这意味着她一直都很沮丧，比她姐姐得了癌症还要沮丧。而且，不管怎么说，她姐姐现在还是好好的。

更衣室的那个女人继续买衣服。以前买衣服是乐趣。

以前买衣服让她开心。但是现在更像是一种惩罚。无论什么时候她需要买一条新裤子或者一件新衣服，她总得试上一百次，然后才能找到合身的，整个过程中，她都得照镜子。她说，她会站在那里，看着镜子里的自己，咬牙切齿，就像她现在咬牙切齿地告诉我这件事一样，想着以前的样子——不只是想到有多开心，而是她总是从欣赏自己的好身材中获得快感。

她说，从背后看是最糟糕的。我真的无法忍受我从背后看的样子。我再也不穿遮不住屁股的衣服了。

更衣室的那个女人说，去海滩，去游泳，晒黑一点——这一切以前也都是让我开心的事情。可现在她不可能穿着泳衣出现在公开场合，她甚至都不愿意穿着短裤出门。她说，不管天有多热，她总是把自己裹得严严实实的。她说，即使瘦了，即使又苗条了，她也不会在公开场合暴露自己的身体。她知道，她看起来并不比她的大多数同龄人差——她知道事实上她比她们大多数人看上去都好——可她搞不明白为什么有些女人会像很多人那样，几乎赤裸地展示自己，没有不自在，没有羞耻感。更衣室的那个女人说，当她看到一个女人在沙滩上走着，大腿又胖又松软就像是干酪、肚子则像吊床一样晃着，她不得不扭过头去，她连看都不能看。她宁愿死，也不愿让别人对她有这样的感觉。

这个女人的声音里真的有一种恐惧。恐惧，还有辛酸，还有痛苦。生活对她搞了一个多么卑劣的恶作剧啊。

你有没有听到过那个人这样那样的故事？她做过很多次拉皮手术，结果，她脸上的酒窝其实是她的肚脐。我回想起，我第一次听到这个笑话，说的是伊丽莎白·泰勒。

早在“变脸”软件出来之前，我记得有一次听到有人说，每个人，在他们的青年时代——比如说，高中毕业前后——都应该给他们提供经过数码处理的肖像照，显示再过十年、二十年、五十年后可能变成的样子。这个人说，这样至少他们会有准备。因为大多数人拒绝接受变老的现实，就像他们拒绝人都是要死的现实一样。尽管看到这种现象就在他们周围发生，尽管父母和祖父母的例子可能就在他们的眼皮底下，但是他们却视而不见，他们不相信这种事真的会发生在他们身上。这种事发生在其他人身上，发生在别人身上，但不会发生在他们自己身上。

但是我自己一直把这个看作一种赐福。青春年少就对令人伤心和痛苦的衰老清清楚楚，我认为背负着这种烦扰的青春根本不叫青春。

前两天，发生了这样的事情：我正和一些朋友坐在一家路边的咖啡馆里。一个中年妇女站在路牙边上打电话，声音盖过街上的嘈杂。我们听见她说，我是最年轻的。从一辆开过的汽车的车窗里，传来一个男人的吼声：你怎么可能是最年轻的？你看上去有一百岁了！

我认识一位上了年纪、曾经非常漂亮的女士，她对这个话题是这样说的：在我们的文化里，颜值是你是谁、人们怎么对待你的一个重要组成部分。尤其如果你是女性。如果你长得好看，如果你是一个好看的女孩或女人，那么，你逐渐习惯于某种程度的注意。你习惯于得到赞美——不仅仅从你认识的人那里，而且从陌生人那里，几乎从所有人那里。你习惯于听恭维话，你习惯于人们希望你在他们身边，要送你东西，为你做事情。你习惯于激发别人的爱。如果你真的长得好看，如果你不是精神不正常，或者不是令人讨厌地自负，也不是一个十足的傻瓜，那么，你就会非常习惯于受欢迎，非常习惯于被人宠爱、被人赞美，你会觉得这是理所当然的，你甚至都不觉得自己有多幸运。然后某一天，所有这一切都消失殆尽。事实上，这是逐渐发生的。你开始注意到某些情况。你经过的时候，再也没有了回头率，你遇到的人以后不一定会记得你的脸。这成了你的新生活，你感到陌生的新生活：一个普普通通、不受欢迎的人，有着一张平平常常、容易被人忘记的脸。

这个曾经的美人说：当我听见年轻女子抱怨不管她们去哪里，总有男人们斜睨她们，或者发出嘘声——所有那种粗俗、讨厌的注意，有时候我会想到这一点。她说，我能理解，因为我以前也有这种感觉。但是，你倒是指个女孩给我看看：多年后她会说谢天谢地，我很高兴这种事再也没有发生在我身上了！她说，就好像是绝经。不用再应付例假会是一件多轻松的事，但是开开心心迎接第一次不来例假的女人，你指一个给我看看呢。

我记得，这位上了年纪的曾经的美人说过：我到了某个年龄，感觉就像是一场噩梦——其中一个噩梦是，因为某种原因，你认识的人都不再认得你了。人们不再像以前那样来找我，或者试图和我交朋友。我以前从未有过这种情况，需要努力去让人们喜欢我、赞美我。突然间，我腼腆得不得了，社交上笨拙不堪。更糟糕的是，我开始偏执。有些可怜的人总是努力去让别人喜欢自己，而所有人都知道，他们是其他人永远不会喜欢的那类人；我是不是也已经变成这种人了？

这个曾经的美人纠结说：有一天，我儿子带回来一个朋友，我碰巧听见她说，你妈有点怪异，是不是？到今天，我都不能肯定这个女孩是什么意思，我从来都没去刨根问底，但是她说的话让我陷入了危机。大概就在那个时候，我开始不与人交往。我是说，我仍然去上班、照顾家人，但我的社交活动越来越少了。而且，尽管我没发胖，但我不再化妆，我不再染黑我的灰白头发。

曾经的美人说：我记得，最糟糕的事情之一是内疚。我真的感觉到，随着年龄的增长，容颜不再，我因此让人们失望了，我在让他们感到沮丧。不可否认的是，我让自己的丈夫感到失望，并不是他这样说过，但他也没有藏着掖着。当他开始出轨时，我就知道他利用一个事实为自己辩解：我不再努力让自己更好看一些——当然是指更年轻一些。我自己的妈妈，她曾经做过模特儿，是那种你会称为世故的女人，她曾警告说，我在使我的婚姻陷入危险之中。毕竟，我的长相与我丈夫娶我有很大关系，这是他爱上我的很大一部分原因，我和他都知道这一点，去否认是荒唐的。但是，他爱上并娶回来的那个姑娘不复存在——取而代之的是一个他根本无法对之动心的女人，可他怎么可能未卜先知啊？曾经的美人说，于是，他就做了很多处于他这种窘况下的男人都会做的事，他离开我去找了别的人。某个，正如朋友们一再指出的那样——我想他们以为这样说会让我感觉好一些——和二十年前的我很像的人，那个时候的我就是她现在的年纪。朋友们还一再对我说，嗯，你会碰到另外一个人，你会找到一个男人，他爱的是你这个人而不只是你的外表！太搞笑了他们，我还从来都没有碰到过这样一个男人。

那位曾经的美人说，我可能真的是古怪，像那个女孩说的，我也可能只是一个可怕的、肤浅的人，但是，我常常觉得我好像已经死了。那么多年前我就死了，从那以后，我就一直是个鬼魂。从那以后，我一直在哀悼我失去的自我，任何东西，哪怕是我对子女、对孙辈的爱，都无法弥补。

我和健身房的那个女人有一天在更衣室见到的时候，她说她一直都想当个画家。她说，我原来觉得我能当成的，但我那时候也不确定，因为这是你开始时的打算，你没有机会证明自己。她说，我的老师大多数是男性，我记得其中两位尤其鼓励我。他们总是告诉我，我有多么优秀。当然，他们也总是要吃我的豆腐，但那没什么吃惊的，其他男的也一样，那时候，很多男教师都吃女学生的豆腐，就是这样子。但我不禁怀疑起来。我不能肯定他们是真喜欢我的作品呢，还是只是喜欢我的人。我无法忽视一个事实，即我的一个女老师就不像我的那些男老师那样对我的作品印象深刻。不过话又说回来，我认为她也许在和我争风吃醋，就像很多女人一样，事实上，那些男教师里有一个要我相信绝对是这样。她说，这样的状况持续时间越长，我就越困惑。我不知道谁可以信任，我说不清楚哪些话是真诚的，哪些又是奉承的。我完全没有信心能自己做出判断。我不是在找借口。如果我命中注定要成为一个艺术家，我知道什么也阻挡不住的。但是我回头看看，我想，我的上帝，那些男人！他们真的让我晕头转向。我再也搞不清楚究竟什么是真的、什么是假的。

戴维·福斯特·华莱士[1]自杀前后的某一天，我问健身房的那个女人记不记得我们第一次聊天聊的是《无尽的玩笑》。她不记得，她认为我记错了。她听说过这本书，但她肯定没看过。她说：我从来都不看那么厚的书。谁有那个时间啊？

1 美国当代作家。生于 1962 年，2008 年 9 月 12 日自缢于家中。代表作《无尽的玩笑》是一部 40 余万字的长篇小说，在 2021 年《纽约时报书评》发起的过去 125 年内出版的最佳书籍评选中，这本书被全球读者评为最受喜爱的 25 本书之一。

第四章

女人的故事常常是悲伤的故事。

像大多数过了60岁的人一样，A女士常常考虑变老的事。同时，她也常常回顾对她而言老年似乎还是一件非常遥远的事情的年代；那时候，老年更像是一种选择，而不是一种自然规律。大学毕业后，她去了一个大城市生活。在那些日子里，她不找丈夫，甚至都不找固定的男友，而是开开心心地和几个不同的男人约会；因为她迷人、活泼，又不是特别挑剔，所以，她的这个目标不难实现。当然，脚踩多只船，这种状况持续的时间不会长，也没指望长（事实上，变老的速度之快令人惊讶），她曾想象自己到了适当的时候和某个人确定关系。但是在这一天到来前很长时间当中，时不时地，当她碰巧看到某类夫妇——一个老太太由某个老头儿陪着，老头儿耷拉着肩膀，头上稀疏的白发飘散着，皮带高高地扎在肋骨上——遥远的未来的某一天，她自己也会和这样的老头儿在一起，想到这个，她会为老头儿感到某种痛苦。那个男人，如她所见，尽管青春已逝，却仍然还有某种重要的东西。首先，由于他经历了长期而成功的职业生涯，他有很多钱，生活优渥。他心地善良，尽管有着老年的种种弱点，他会有自己的尊严。（毫无疑问，他会有理智。）他和她会一起过一种平静但饶有趣味的日子，一种她所认为的富裕而优雅的生活：听音乐会、看戏、看电影、去国外旅游，当然，拜托啦，不是那种糟糕透顶的退休人员团队游。虽然过了充满激情的年龄，但一座座外国城市和富有异国情调的风景背景下的他们依然浪漫，任何看到他们的人——她也看到了——都会这么说。随着时间的流逝，这个老头儿的形象对她而言开始变得越来越清晰，几乎就好像是朝她走过来。但更多的时光飞逝而过后，他的形象开始后退，仿佛在倒退回去。目前，她发现自己面对的是一个不同于她过去想象的老年，那个问题一直困扰着她。像一首老歌里的某个旋律，在她的脑海里回荡，或者像她上学的时候被逼着背诵的一首诗。那个老人在哪里？那个友善好相处的老先生在哪里？谁能告诉她？

女人的那类故事。

另一个故事，这次发生在翁布里亚。

……在那里，一个夏天，B女士租了一间旧农舍。每天早上，天变得太热前，她都会去山里跑步。大多数早上，在同一座小山的山顶，一座中世纪瞭望塔遗迹附近，她都会看到同一辆车停在路边，车主是个老人，他拄着拐杖站在附近。老人有条狗，毛发金色的西班牙猎犬；每当她走近的时候，它就会对着她的方向狂吠着猛冲过来。每次发生这种情况，老人因为不记得之前见过她，就会大喊：女士！您怕狗吗？[1]每次她都会让他放心，不，她不怕狗。

1 原文为意大利语：*Signora! Ha paura dei cani?*

一开始的几个早上，她感觉到老先生可能希望得到一些关注，同时也是出于礼节，便停下来聊几句。她的意大利语不是很好，但是反正他从来也不记得她，更不用说他们之前聊的是什么内容了，所以，几乎不需要什么意大利语。她推断他是退休工人，一辈子在这山里生活，祖祖辈辈曾经在属于这一带一座城堡的土地上劳作。她从来都不能肯定他为什么总把车开到这个地点去遛狗。他自己身体非常虚弱，一次顶多也只能小心翼翼地走上几步。

有一天，天气比平时要闷得多，那位女士脱下她一直穿在运动文胸外面的长袖衬衫，把它系在腰上。就在那古老的瞭望塔出现在视线里的时候，那条狗过来朝着她吠叫。您怕狗吗？但是，当她走近时，她看到有点不对劲；那个男人显然很激动。她担心可能是天热的原因。但是，走近几步，她明白了。确实，他毫不掩饰他的欲望，目光扫过她半裸的身体，啊，女……女……女士，[1] 他喘息着，还伸出舌头，仿佛在模仿在他们脚边喘气的狗。

她刚要继续往前走，这时，让她感到非常惊愕的是，

1 原文为 Ah, signoraaah。

他的手杖咔嗒一声倒在地上，他一只手抓住她赤裸的胳膊，另一只手开始使劲儿地摸，嘴里还嘟嘟囔囔，发出一阵阵淫荡的声音。她小心翼翼不把他推倒，但设法挣脱开他抓她的手，飞快地跑开了。

对这件事很容易就一笑了之，毕竟，它更多的是滑稽。（就像落到一个好色之徒手里，她后来会跟朋友这么描述。）但关于这件事，也有某种令人不安的东西挥之不去。她是绝对没有感觉处于任何真正的危险之中，但这并不意味着他的行为中就没有暴力成分。更加令人不安的是，她当时在他脸上看到的某种东西，后来她才清楚是什么：这个老色鬼根本就没有一丝一毫的羞耻感，反倒对他的性兴奋非常得意。

即使因为年龄大了人有点缩，他还是比她高出几英寸，而且不管有多么虚弱，仍然是个大块头。不难看出他当年一定是个身材魁梧的人。根本不难想象，一个危险而雄劲的年轻暴徒，是完全有能力抓住他在荒郊野岭偶遇的一个无助女性的，而她是毫无希望从他手里逃脱的。

很难确定，比起之前他偶遇的任何人来，这个老家伙对这一次是否记得更清楚。不管怎么说，那天早上之后，她再也没有停下来和他说过话。当然，每次看到他，她心里都产生同样的想法。他就在这里，至少年过八旬了。记忆力丧失，腿脚不灵，气都喘不上来——然而，一近女色，就斯文扫地。他肯定已经很久没碰过女人了。但依然。他想要。他色欲强烈。即使冒着跌倒摔断髋骨的风险——这是很多老年人致命的原因——他还是想要乘人不备时伸一下咸猪手。他充满黏液的双眼流露出的狂野，他的喘息，喉咙里发出的粗鲁的声音——这一切就好像在那阳光照耀着的古老的青山中，她面对的不是一个人类同胞，而是某种无法控制的力量。

第五章

只有唯一一种希望她不允许，也不愿意允许她自己抓住不放：近三十年里，如果她没有找到一个男人，一个都没有，一个只对她重要，必然要属于她的人，一个强壮的、给她带来她一直在等待的神秘感的人，一个真正的男人，而不是一个古怪、懦弱的人，或者是满世界都是的那种穷人都没有找到——那么，这个人就是不存在，只要这个**新人**不存在，一个人就只能一段时间内对另一个人友好、和善。没有任何其他解决之道，如果男女保持距离、互不交往，一直到双方都在这种纠缠和困惑中找到出路，摆脱所有关系中固有的矛盾，就最好了。也许将来有一天，某种其他东西会出现，但是，只有到那时候，这种东西才会强大、神秘，真正的伟大，每个人才可能再次对其顺服。

也许将来有一天。然而，自从英格博格·巴赫曼[1]大约在半个世纪前在一篇自传体小说里写下这些话，男女之间的分裂已经变得更加厉害。

越纠缠，越困惑，矛盾就越明显。红州对阵蓝州。友好与善良均抛脑后。

工地上一名建筑工人无意中后退撞上了人行道上的一个女人，他说对不起。她对他吼了句什么，我没听清楚，他回应说我说对不起了。她对他竖起中指，继续走。他在她身后喊：我说对不起了！她头也不回，尖叫一声：见鬼，说对不起已经太迟了。好吧，他尖叫道。我收回：见鬼我不对不起。

真是一团糟。

和一桌子女人争吵，其中一个讲一个女人的故事：有两个男的对她发出嘘声，作为反击，她把手伸进裤子，拉出她的卫生棉条，就朝他们扔过去。

---

1 Ingeborg Bachmann（1926—1973），奥地利女诗人、作家，曾与诗人保罗·策兰相恋。

我是唯一一个认为她不该这样做的人。

其他人说，她有权自卫。

据巴赫曼说，法西斯主义是男女关系中的主要元素。

夸大其词了。

就像安吉拉·卡特的断言：每个伟大的男人背后都有一个为其伟大而奉献自己的女人，而每个伟大的女人背后都有一个致力于拖垮她的男人。

仍然如此。

你写女性小说，对吧？那个小说家对他的女同事说。

哎，我们进入了什么黑暗地带啊。

巴赫曼的短篇小说《三条通向湖滨的路》收录在她的集子《三条通向湖滨的路》（德语原著的标题为《同步》[1]）里，1972年出版，一年后，她因在一场大火中烧伤而去世。五个短篇。五位女性，每个人都遭遇某种形式的情感纠葛，每个人都感觉陷入困境、孤立、焦虑，对自己在父权社会里的地位感到困惑，挣扎着要寻找到一种语言来表达她在经历的痛苦。

---

1 *Simultan*。

乔治·巴兰钦说，如果你把一群男人放在舞台上，你就有一群男人，但如果你把一群女人放在舞台上，你就有了整个世界。

如果你把一群女人放在一本书里，你就有了“妇女小说”。结果是，几乎所有的男性读者和数量不少的女性读者都会避而不读。

巴赫曼早年以诗歌出名，她开始发表短篇小说的时候，作品受到批评家们的贬低，认为它们是*Frauengeschichten*，意思是都是些关于家长里短、鸡毛蒜皮的题材的小说，可能只是对其他女性而言感兴趣的女性关心的问题。（巴赫曼本人最初把这本书设想为她对祖国奥地利的女性的一种致敬。）

差不多就在巴赫曼的集子出版的同时，伊丽莎白·哈德威克在其创作中的一部长篇小说里写道：你认识快乐的女人吗？

那些发出嘘声的男人原来都是便衣警察。他们逮捕了那名女子。我现在忘了她的故事的结局了。

博多语是生活在印度东北部部分地区的博多人说的语

言，我得知在博多语里有个词：*onsra*，这是用来描述一个人意识到他/她和另一个人一直分享的爱注定不会持久时所体验的苦涩感。这个词在英语中没有对等词，它已经被译为“最后爱一次”。误导。大多数说英语的人很可能将“最后爱一次”理解成某人终于找到了自己永远的真爱。比如，卡罗尔·金作曲的一首歌就叫《最后爱一次》。但是，我第一次得知onsra一词的这种翻译时，我认为它指的完全是另外某种意思。我认为它是指体验了一种极其强烈的、极其狂烈的、刻骨铭心的爱，以至于你永远、永远都不可能再爱了的意思。

我从来都不喜欢被称为“罗曼司”的女性小说这个文类，但是我对恋爱中的女人这类小说却非常着迷，尤其是这种爱在某种程度上是非传统的，或者特别艰难，甚至是无望的，或者是痛痛快快疯狂一次的。

《奇爱中的女人》也许可以是这样的短篇小说集的标题吧。

以画家多拉·卡林顿对作家利顿·斯特雷奇的爱为例。她知道他是同性恋（他曾经向弗吉尼亚·伍尔夫求过婚），他大她13岁，这些统统都不重要。一开始是个丑闻，最后他们的故事成为一个传奇。真的，让卡林顿出名的并不是因为她的画，而是因为她对斯特雷奇无尽又无望的爱，以及这种爱如何塑造了她的生活，又是如何造成了她的死亡（就是女人的那类故事）。在长达十七年的时间里，她一直深爱着他。即使是她与另一个男人的婚姻也不能将他们分开；他们仨得生活在一起。但后来，她嫁的人不是她的而是他心仪的对象。同意了这桩婚事后，她给斯特雷奇写了一封痛苦的信，为他们俩不可能成为夫妻的命运哀叹。接着，他们一行三人一同前往威尼斯度蜜月。

斯特雷奇死于胃癌之后，卡林顿只多活了不到两个月的时间，就开枪自杀了。朝腹部。她还不到39岁。这不是她第一次企图自杀。“我已经没什么事情可做了，”她前一天告诉伍尔夫夫妇，“我所做的一切都是为了利顿。”

她家里没有枪，所以，就去隔壁邻居家借了一把，就像去借点糖一样。一把猎兔枪。（“像某只小动物离开”，这是弗吉尼亚·伍尔夫对她离开时的印象。）用这个武器自杀是个错误的选择，似乎意味着漫长、缓慢、痛苦的死亡过程。

D. H. 劳伦斯对这类题材极其迷恋——而且自信是写这类题材的权威，所以，他写了一部长篇小说叫《恋爱中的女人》，他谴责卡林顿仇恨“真正的”男人。小说里那个恋爱中的女人是一种夸张的模仿：漂亮、貌似单纯的米内特·达林顿[1]内心深处其实是个好色的性变态者。不像卡林顿那样是个艺术家，而是（被恶意地写成了）一个艺术家的模特儿。

在多年后写的一个短篇里，劳伦斯似乎又以卡林顿为原型进行了夸张的模仿，创作了一个女性人物，该人物遭轮奸后自杀。

1 Darrington，模仿 Carrington。

第六章

我再一次去看我的朋友。治疗失败。肿瘤扩散了。她又回到了医院。

我订了之前住的同一个房间。

房东给我发短信说，正如你会看到的那样，我们家添了一位新成员！

一只小猫咪，琥珀色的眼睛，银灰色的毛发，和海豹一样光滑。

她说，我不该让孙辈们给他起名字的。现在他只好接受“鼻屎”这个名字了。

一只获救的猫。她说，他们发现他困在一个大垃圾桶里。严重脱水，瘦得皮包骨头。他们认为他活不了了。但是，看看他现在的样子！

我说，九条命，想到我的朋友。严重脱水。瘦得皮包骨头。

我朋友，她生气。她说，她很生气，她想把看到的东西全都砸个稀巴烂。她说，不是生上帝的气。她不生上帝的气，当然不生，她不信上帝。她说，当然也不生医生的气，她很敬佩她的肿瘤科医师，她的整个医疗团队，他们尽力了，他们一直很友善。那生谁的气呢？她说，生她自己的气。她说，我的第一直觉是对的。我本该顺其自然。我不该让自己受所有那些折磨，呕吐、腹泻、疲惫不堪——可怕，可怕——到最后——

她说，虚幻的希望。我不该顺从虚幻的希望。她说，为此我永远都不会原谅我自己。打住。永远都不：似乎还意味着有很长一段时间。

她说，我们现在到了这一步了。我得到了什么？多活几个月，可能。最多一年。但是恐怕没那么长。

她说，我尽量做到不恐慌。我尽量保持镇定。我不想去踹东西、去尖叫。哦，不，我不会！我不会！暴跳如雷，自怨自艾。谁想要那样死去？怕得发疯。

另一方面，别搞错咯，她说，她可不是个苦行僧。她不想经历难以忍受的疼痛。疼痛是某种的确让她害怕的东西。疼痛是最让她害怕的东西。她说，因为人处于痛苦不堪的状态中是无法保持镇静的。在那种痛苦中，你无法清醒地思考，你是个孤注一掷的动物，你只能想一件事。

她说，并非她好像年老体弱似的。她一辈子都很注意自己的健康，现在她在想，所有那些注意，所有那些有规律的锻炼和健康的饮食，只会把事情搞得更加艰难。她说，我的医生说我的心脏强健。如果那意味着我的身体会继续努力抗争，我将不得不遭罪，而且要忍受到还有最后一口气，那该怎么办啊。

她说，像她父亲一样。医生说他只能活几天，结果却是几个星期；他撑啊撑，死的时候，精神完全失常了。她说，死得很惨。野蛮。没有人应该那样死去。

她说，人应该怎么死呢。给她一本傻瓜指南。她说，哦，忘掉书吧，她什么书都不想看，她不想做研究。她说，很滑稽，有一阵子，自我教育，是我想要的，或者说是我以为我想要的，就像我对待癌症自身的方式一样，竭尽全力地去搞清楚；上帝知道，我了解到大量的东西，其中很多很有趣，甚至令人陶醉，她说，我沉浸其中，读着关于它的东西，我忘记了自己在读什么，如果这么说有道理的话，我的意思是我有时完全陶醉在材料中，我忘记了我为什么在研究它们，这难道不是阅读的神奇之处吗？读着读着你就脱离了自我。她说，但现在，所有这一切都变了。我不想去看关于垂死或死亡的书，那些伟人、那些哲学家对此有什么可说，你可以告诉我，世上最聪明的人就这个话题刚写了一本最最精彩的书，但我碰都不想碰它。我不在乎。就像我不想写我正在经历的事情。我不想让我最后的时日在同样的挣扎中度过，挣扎着去找到准确的词语——我生命的诅咒，当我想到它的时候。她说，这令我颇为惊讶，因为一开始我想我当然应该写，我也会写，我的最后一本书，关于最后的事情，或者这件事，这件尊贵的事，她说，我应该说，引用亨利·詹姆斯的话。我的朋友说，我以为，不把它写出来，难道不是不可能的事情吗？但我很快就改变了主意。我的朋友又说了一遍，我改变了主意，我知道我不会再改回去的。她说，一想到要把自己在经历的事情写下来，我就觉得恶心。并不是说我已经没病了，真的，恶心死了，完全是真的，怎么会这样想啊，她大笑着说。你看，我又在他妈的咬文嚼字了。她说，不过，我的意思是，我受够了。我的语言表达已经足够多了。我厌倦了写东西，厌倦了字斟句酌。我已经说够了——我说得太多了。我希望——我说得有道理吗？

我让她放心，她说得有道理，她应该继续说下去。

她说，我已决定，我会写的，但前提必须是关于它我发现了一些新的东西要说。而这是不会发生的。

她说，一种好死法。大家全都明白它的意思。没有痛苦，或者至少不会因痛苦不堪而抽搐。体面地，带着一点尊严离开。干干净净清清爽爽。但这种事出现的概率有多高呢？事实上，不常出现。为什么？为什么这个要求很过分？

她说，现在，你说吧。我再也受不了我自己的声音了。

和我上次来看她一样，我试着说一些平常的事情，我看过的书，我看过的电影，但总是不断冷场，这个时候，她就会变得焦躁不安，又开始自己讲起来。

你知道昨天谁来看我了吗？

她说了某个人的名字，我只是久闻大名，不过，从就读于新闻学院开始，这人就一直是她的好朋友。他被报社解雇，也被解除了教职，几个小时之内，他被指控有六次性行为不端，其中包括和一名助教的绯闻。

她说，他一直都这样。就像关于哈维·温斯坦的那个冷笑话：从子宫里出来时还在猥亵自己的母亲。他20来岁的时候，就已经是老流氓了。他就那种人：总是色眯眯地盯视，总是馋涎欲滴，不能控制自己的咸猪手。我的朋友说，哎，我不知道怎么跟他说好。一眨眼的工夫，他的人生就毁掉了。我朋友说这个人跟她承认过，他甚至想过自杀。想象一下，他当时就坐在你现在坐的地方，谈着他不如结束这一切算了，接着，发觉自己讲错了，便马上住嘴，开始乞求我原谅他是这样一个麻木不仁的混蛋，然后，我朋友提高了嗓门说，他开始哭了起来。她说，我不断地说这没关系，因为我受不了躺在这里听他哭，听他道歉，但是，天哪，你知道，这有关系，她说，这根本不是没关系，我朋友对我强调说。

她继续说，那是我不会容忍的一件事。一定要为我感到难过，但见鬼别在我面前哭哭啼啼。她说，我不允许你这种样子。现在我很后悔以前跟他吐露心声。但你知道，他是我的老朋友了，到目前为止，我还没跟很多人讲过。事实上，这是我得开始考虑的事情了，是不是，我朋友反问道：我该和谁讲，我又该怎么讲。更重要的是，我想见谁。有很多事情要考虑。我已经列了个单子。你知道，我得跟大家道别。我不得不——我应该开个派对吗？我是认真的！我应该在脸书上宣告一下吗？我看见有人这样做过。这当然有道理，可我认为那也未免太匪夷所思了。我不确定自己能不能做到。

我说她没必要一天就把所有事情都想好。我问她有没有想过——如果她真的确定不再写作——她出院后准备怎么消磨时光。在什么地方。我问，有没有什么她想去的地方，我知道旅行在大多数人的遗愿清单上是排在第一的；她确诊前好长一段时间，我就听到她强烈反对“遗愿清单”这一措辞：他们还能找出更难听的词吗？

她说，她不知道。她一只手无力地在空中挥了挥。她说，这是我注意到的一件自相矛盾的事情。我知道我快要死了，但当我躺在这里想事情的时候，特别是在晚上，常常又觉得我好像拥有世界上所有的时间。

那肯定是永恒，我默默地说。

永恒的临近，她默默地表示赞同。

她说，有时候，我甚至发现自己希望时间过得快一些，希望一天能早一点结束。随后又补了一句：奇怪得很，我常常感到无聊。

我想，这一关你会怎么扛过去呢。

她心里回应我，我真不知道。

她对我说，如果最后发现垂死状态是件很无聊的事，岂不让人惊讶？

她的手机响了，是她女儿。她乘坐的飞机着陆了，她很快就会到这里。路上有没有什么要她为她妈妈捎上的东西？

趁她们打电话的间隙，我做了做深呼吸，试图平复自己的情绪。

她说，哦，看哪。医院窗外开始下雪了，因为正好太阳落山，雪着上了一抹晚霞的粉红色。

她说，粉红色的雪花。哈哈。我活着看到了这个。

房东说，他还是只小猫咪，语气中透露出为此感到无比的自豪。他真能调皮捣蛋，喜欢夜里跑来跑去。你一定要把门关紧，这样他就不会打扰到你。

床头柜上同样的一堆书的最上面，还是那本平装本推理小说。

那个杀手和他在酒吧认识的一个女人成了朋友，年轻的女演员，从中西部来到这座大城市，希望成为百老汇明星。尽管她发现他郁郁寡欢，而且行事神神叨叨，但她根本就没有怀疑他的犯罪行为。正是通过她，他开始实现自己的“变得更有文化”的梦想。她借书给他看，带他去看艺术片和博物馆展览。更重要的是，她让他爱上了蹦迪。当时是《周末夜狂热》[1]的年代。结果证明杀手是个非常棒的舞者，他很快就成了舞池之王。当这个女人鼓励他学习舞蹈的时候，他全身心投入其中，一周上六天课，进步极其明显，所以，他开始认真考虑要不要以此为自己的职业生涯。现在他的整个生活都改变了。他从未这么开心过。但是，当严重的肌腱炎使他不得不停止跳舞时，他崩溃了。他痛苦地想，不管自己多有才华，也不管自己有多努力，因为

---

1 *Saturday Night Fever*（1977），由约翰·班德汉姆导演，约翰·特拉沃尔塔、凯伦·琳恩·高妮领衔主演的音乐电影，讲述了纽约布鲁克林地区的青年托尼在夜总会跳迪斯科舞寻找到自我意义的故事。

他的训练起步得太晚，他永远都不可能有机会功成名就了。

杀手想了很多关于约翰·特拉沃尔塔的事情。原来他和特拉沃尔塔有许多共同之处：同一天生日，身高和体重相同，都来自曼哈顿郊区，小时候参加扭摆舞比赛都拿过奖，两个人的父亲都踢足球。但是，他们俩的母亲却是大相径庭。约翰的母亲本人就是演员和歌手，她鼓励他从事演艺生涯，并负责他的早期训练。现在，远比他腿痛更严重的是，有个问题折磨着杀手：如果他像约翰·特拉沃尔塔一样，也有一个那样的母亲，那他的生活会是怎样的呢?

杀手的时间越来越多地消耗在对那个明星感到愤愤不平的状态中。特拉沃尔塔“娘娘腔”高音唱的《夏夜》在他的脑海里挥之不去，让他心烦意乱。如果有办法，他会杀了约翰·特拉沃尔塔。

取而代之的是，他杀死了舞蹈班的一个同学，某天晚上课后跟踪这个同学到他在布鲁克林的家中下的手。他还在河滨公园和一个女大学生发生关系后，一时冲动，把她勒死了。

警察没有把杀手迄今为止犯下的四次故意杀人案联系起来考虑。就在他们分开调查、案子都陷入了僵局期间，他继续和那个毫无戒备的女演员（现在刚开始在大城市获得些许成功）以及她一帮学艺术的年轻朋友厮混在一起。

那只猫悄无声息地进来了。他跳上床我才意识到。他的鼻子对着我的脸颊呼哧呼哧地嗅的时候，他的胡须弄得我痒兮兮的。之前，他是躺在壁炉边上的。猫响亮地发出咕噜声，他暖暖的毛发飘散着木材燃烧的清香，还有什么比躺在这只猫边上，看着他揉捏羽绒被更加舒服的事情呢？

我合上书，把灯关了。

猫说，我有过一个像样的家，他的话被他的咕噜声压住了，但仍然清晰可辨。我并不是说那种养尊处优的生活。但我每天有食物吃，有新鲜水喝，还有干爽的床睡，那个时候，我根本不知道还有比那更好的生活。他说，我出生在一个收容所的笼子里。我从来都不知道，和一个合适的人——尤其是如果这是个上了一定年纪、没有配偶的女性——在一起，生活会有多么甜美。

他说，我当初被收养是用来抓老鼠，不是当宠物，我的第一个家不是像这样的一栋好房子，它甚至都不是一栋房子，是个商店，就在公路边的一家便利店，是一个坐在轮椅上的老家伙和他妻子、儿子一起开的。

猫说，我尽职尽力，我把老鼠赶走，作为回报，我有自己的床——其实就只是一个纸板箱，有一块破烂的旧浴巾折叠起来放在里面——我的碗里一直装满了松脆食品。嗯，就这样子，这就是我的生活，我的整个世界。猫说，作为人，那些人还不坏，但他们不是爱猫一族，绝对不是，有一天，我犯了个错误，老家伙坐在轮椅上滚过过道的时候，我跳到了他的大腿上，结果我发现自己飞进了我平时尽量远离的麦片盒里。猫说，很奇怪，人类对我们猫类的反应差异这么大。对于有些人来说，我们就像小孩一样宝贝，对另一些人而言，我们比植物高等不了多少，而在还有一些人看来，我们就是肮脏、有害的动物，权利或情感不比一根枯枝条多。

猫说，商店营业的时间很长，其间来来往往的人很多，但我总是躲在后面，极少有人注意到我。虽然我自己也注意到了每个人，但我基本上懒得抬头看他们膝盖以上的地方。因为，事实是，我们并不像俗话说的那么好奇，至少对陌生人是这样；毕竟，陌生人跟陌生人互相之间也没有多大的不同。我刚到的头几天，很想我妈妈（我运气好，是最后一个被收养的，所以，有好几天，我很幸福，她独属我一个），我想念她，我为她哭得呀。猫说，但我是只猫，我很快就适应了新环境。

猫说，当然，在我经历了这一切——包括第二次在收容所，在那里，再也没有我妈妈的一丝痕迹，连她的味道都没有了——之后，我来到这里，来到这个家，我感觉自己像只新生猫一样，那么无助，那么弱小，那么害怕。好在这位女士收养了我，她用碗里的热牛奶喂我，用湿毛巾帮我洗澡，床上是成堆的柔软、干净的垫子，我在每个新房间东看看西转转，她一直陪在我身边，这让我回忆起我有妈妈的时候的样子，我知道我已找到了第二个妈妈。

那件事发生在午夜，但是很幸运，店门还开着，（不再咕噜的）猫继续说。店主的儿子一个人在柜台干活，我在盒子里睡觉，这时候，烟开始从地下室冒上来。我们俩立刻就冲了出去——不是他让我想到快逃出去，而是他冲出门的时候，我就紧跟在他后面。我跑到公路对面，趴在那里，不知怎么办好。消防车开来的时候，我实在受不了了——警笛声事后让我的耳朵嗡嗡响了好几天——所以，我跑啊跑，一直跑到我累得跑不动。猫说，那天晚上天寒地冻，而我又不习惯待在室外。我的耳朵和爪子都失去了知觉——我担心它们会一直这样了！我爬到一个门廊下，即使不能暖和点，我至少感觉更安全些。天亮后，我朝家里走去，发现家没有了，留下的是散发着臭气、湿透了的、烧焦的一片废墟。前门用锁链锁上了。我的猫洞不见了踪影。

猫说，我茫然地坐在那里，不知道我该怎么办。汽车开过，有些放慢速度，这样车上的人可以看个热闹，但是没有一辆车开进停车场来，或者注意到我。猫说，我又小，又是灰色的，人们不容易看见我。

后来，我看见两辆自行车靠近了。我认识骑车人。坏孩子，两个讨厌鬼，他们经常翘课，而且不止一次当店里只有老头在时，他们就来拿糖果、薯片，并嘲笑老头无济于事的愤怒，然后，骑车而去。

猫说，我是怎么被他们抓住的，说起来，这真是个丢脸的故事。不过，请记住，我当时太饿了，当他们当中一个拿出一团铝箔包装纸裹成的东西，朝我递过来的时候，即使离得很远，都能闻到它诱人的肉香，可能这样你就会明白我当时的感觉了。我当时的状态非常虚弱，他不费吹灰之力，就抓住了我的脖子。另一个人抓住我的尾巴，把我甩来甩去，整个过程他们都像魔鬼似的叫喊着大笑着。接着，他们拎着我朝商店后面的大垃圾箱走去。他们把我扔了进去，盖上盖子，对着垃圾箱四周一阵拳打脚踢，直到最后觉得没意思了才走开。

猫说，我就坐在那个垃圾箱箱底，里面又黑又冷又潮湿，除了黏糊糊的污物，别无他物。我不停地发抖。接下来会发生什么？那两个小畜生会不会回来弄死我？如果他们不回来，我又怎么出去？猫说，我开始哭喊，非常大声，在我听来，我的哭喊声真的很大，但在那个没人的地方没人听得见，也没人来，很快我就哭不出声来了。我仍然不停地张嘴、闭嘴，无声地发着喵喵声，就像我们这些猫绝望时所做的那样。

猫说，我肯定是断断续续睡着过的，但是天冷，我又饿又渴，折磨得我大多数时间都醒着。醒着，但不警觉。我的脑子几乎不再受我控制了，我感觉自己在滑入一个越来越深的黑暗而寒冷的地方——这时，我听到一个声音。

天哪，一只老鼠。

抬头看去，我看到了蓝天和蓝天衬映下的一个大脑袋的轮廓。又一个脑袋出现了，传来一个不同的声音：笨蛋，不是老鼠，是只猫。

哇，第一个脑袋说。我们把它弄出来。

不要，另一个说。看上去让人恶心。可能有狂犬病。我们打电话给动物保护协会，让他们来处理。

猫说——他又在咕噜咕噜了——就这样，我发现自己又回到了收容所。经过护理，我恢复了健康。有一天，我和其他十来只猫猫狗狗被装上一辆大巴，运往一个大型购物中心。

称之为新人的好运吧：在我的第一个援救节，我就被收养了。最好的事情当然是和我妈妈团圆，这是我一直在希望的事情。但如果不能如愿，排在第二件最好的事情就是遇上这位女士。她是我第二个妈妈，这只漂亮的、琥珀色眼睛、银灰色毛皮的猫说。

那天晚上，他讲了很多其他的故事——他真是谢赫拉莎德[1]，那只猫——但这是我第二天早上记得的唯一一个故事。

---

1 Scheherazade，《天方夜谭》中的苏丹新娘，以夜复一夜地给苏丹讲饶有趣味的故事而幸免一死。

第七章

我去拜访我的邻居；一位86岁的老太太，自从二十年前她丈夫去世后，她就一直独居在我们大楼一楼的一套公寓里。老太太曾经在我们市政府某个部门担任行政助理。退休后，她在当地一个药店找了一份收银员的工作，但她讨厌必须一站就是好几个小时，所以，才做了几个月的时间，就辞职了。除了年轻时当过临时保姆，这个女人一辈子做过的就这两份工作，行政助理和药店收银员。第一次去看她时，我列出了我离开学校后做过的所有工作——有些我都快想不起来了——这令她很是震惊。但有一件事情看上去更让她震惊：我没有结过婚，也没有孩子。这可以是一种选择，而不是因为倒霉，这一点她接受不了。

她有个儿子，住在奥尔巴尼，每个月来看她一两次，一般都是在星期天，总是一个人来。他和妻子离婚了，有几个子女和孙子孙女，但他们一个也不来看老太太，因为她不愿意去外地，她从未见过他们中的任何一个。只有她儿子每个月抽一两个星期天从奥尔巴尼开车过来；他是那里一家律师事务所的会计。

他来看他母亲时，一般都会带她出去。在他们去看戏或者看电影的路上，我会碰到他们，或者，透过我们小区的中餐馆的窗户，我也会看到他们。她不到五英尺高，因为驼背，她的下巴差不多要碰到她的胸骨了。尽管她很虚弱，这却给了她某种强健的，甚至是具有威胁性的一面，就像某种用头撞对手的动物。她和人讲话时，只要对方不是小孩，她就得眯起眼睛，看上去很痛苦。她儿子是个瘦高个儿，走路和讲话时为了适应她，必须像小孩一样走路，向一边弓着身子，像棵柳树。从远处看，他们不像是一对母子，倒更像是父亲和他的胖孩子。但这些天，我看不到他们走路和讲话了，因为儿子再也不能将他母亲带出门。有一阵，他还能哄她至少走到大楼的院子里的一张长凳那边坐坐。但她无法安心坐着。任何从面朝院子的窗子看出去的人，都能看到她，所以，她很烦。这些人都是她的邻居这一点并不重要。首先，不管是不是邻居，几乎所有人对她来讲都是陌生人。尽管她在这栋楼住了多年了——事实证明，她比任何房客住得都久——但她在这里没有朋友。多年以来，她有过一些朋友，但是他们后来要么搬走了，要么像她丈夫和差不多所有的朋友那样去世了。

这种害怕——怕被看见、被注视，或者被暗中监视——已经开始越来越严重地折磨着这个女人。更糟糕的是，她害怕上当受骗。

有些害怕是年龄造成的，她儿子对我说。众所周知，老年人会变得疑神疑鬼。但是她认为自己在被人坑蒙拐骗，这不能说她失去理智了。她的电话整天响个不停，他说（指她的固话，她从来没有手机），就是一个又一个的骗子打的。每个人都会接到这种电话，但你到了一定的年龄，就好像成了一个大目标。他们在电话里花言巧语，把她搞糊涂了，让她很害怕，尤其是在他们直呼其名的时候。他们怎么知道她的名字的？他们怎么搞到她的号码的？她当然明白这些人要干什么，她必须提高警惕。但她生活在恐惧之中，她担心其中一个骗子会让她上了圈套。最近，她听到新闻里的一件事，让她一直念念不忘；有个女人被电话诈骗，所有的积蓄被骗光，她羞愧难当，自杀身亡。这个可怜的女人似乎害怕家人发现她做了这么蠢的一件事后，就会断言她无能，然后剥夺她的自由。

男子说，这就是我母亲现在最害怕的事情。我只要一说安养陪护之类的字眼，她就会威胁说要和我断绝关系。就她这个年纪来说，她自理得真的算是非常好了。

这是几年前我们的第一次聊天，是坐在大楼的院子里的一张长凳上聊的。坐在院子里，这是我平时绝对不会做的事情，但当时，我不小心把炉子上的什么东西烧糊了，我出来在等着我的公寓通风换气。他正好来看他母亲，出来抽根烟。那是个温暖而干燥的夏日，院子里，树下一片浓荫，棚架上蔷薇盛开，空气是城里能闻到的最芬芳的了。之前，我没有长时间地和一个抽烟的人坐得很近过，但我并没有感到不舒服，烟味让我充满了怀旧之情。挤满了年轻人的汽车、大学里熬通宵的人，还有药、摇滚、鸡尾酒、性。他就是把烟直接喷我脸上，而不是扭头刻意把烟吐到肩后，我都不会介意的。

他说，他母亲的一天就是一连串密集的被人骚扰。恭喜恭喜，她刚彩票中了奖。她最近住过一家酒店（而事实上，她是住过一次酒店，但那是60多年前度蜜月时候的事了），现在她有资格得到奖励。来自一个匿名朋友的一份感谢礼物在等着她。她订的特殊救生装置即将发货。她有资格获得一次免费旅游、一张新的信用卡、一笔预批准的贷款、一个私人定制的健康套餐和一套免费的家庭安全系统。为了保护她的银行账户，她必须核实她的个人信息。一个孙子需要钱才能出狱；另一个孙子被绑架，被扣押着要你付赎金。

我问，去谢绝来电登记处登记有用吗？他耸耸肩。他登记了他母亲的号码，但是打来的电话数量几乎没变化。当我问他母亲为什么不用来电显示，他笑了。他说，她有来电显示。但她好像无法不接。电话铃一响，妈妈就要过去接。她想知道是谁！还有，这当然是不理智的，如果她由着坏人迫使她躲着不接自己的电话，她要疯掉的。假如不是预录的自动语音电话，而是真人打来的，尽管我告诫过她别跟他们讲话，但有时候，她还是会讲。她会质问他们。他们怎么知道她的名字的？他们怎么搞到她的电话号码的？或者，她也会玩玩他们，你知道的，扮演甜美的老年版嘎嘎小姐。他们问她社保号的时候，她就说，当然，宝贝儿，有笔吗？号码是123456789。有人告诉她，她的一个孙子在他们手里，她说，没关系，我还有其他孙子呢，反正我从来都不喜欢这个孙子。

听到这个，我突然想到，老太太整天独自一人在公寓里，实际上也许很享受接到这些电话，对她来讲，虽然讨厌，但同样也是某种小乐子。我想到我曾经有过的另一个邻居，一个独居的老寡妇，她经常敲我的门，抱怨我太吵——我感到蹊跷，因为我并没有闹出什么声响——后来我才意识到不是这么回事。她身上有一件可怕的事情在发生。必须予以关注。

男人说，有时候，她还试图劝人从善。我听见过她这样做。她教训他们，问他们为什么要伤害无辜的人，为什么就不能出去找份诚实的工作干干。她甚至让自己相信她取得了一些成功。上个月，她告诉我，有个人告诉她，他真的为他所做的事感到抱歉，并保证再也不那么做了。

男人笑了，我也跟着他笑了。他烟抽完了，但没有回到他母亲身边，还是一直坐在长凳上，聊着。我想到，她肯定要想他有什么事，这么长时间还不回去啊，但他似乎不管不顾。当他拿出烟盒、又抖出一支烟点上的时候，我并不怎么感到惊讶。

他说，我真担心她会变得越来越容易上当受骗。她年龄越大，就越健忘，这种事情多次发生。她的牙刷最后发现在冰箱里，她分不清孙子孙女谁是谁。毕竟，每天都有比她年轻得多、聪明得多的人上当受骗。

我想起我一个朋友，他母亲住在一家养老院。他告诉我，每次去看她，她都要说些我现在可以找个好姑娘安顿下来这样的话。每次她这样说，我都会跟她说，不，母亲，我是同性恋，记得吗？好多年了，都是这种样子。每次我朋友去看他母亲，他都不得不又一次公开表明同性恋身份。

男人坐在院子里继续说，真令人沮丧。好像发生在老年人身上的坏事还嫌少似的。我们活在怎样一个有毒的社会啊。不只是有一两个害群之马。似乎有一大帮人准备好了要弱肉强食。我搞不明白。这些骗子毁掉一个可怜人的生活时，他们是什么感觉？不管他们把受害人的钱花在哪里，他们怎么好意思享受啊？把自己的享乐建立在他人的痛苦之上——这些人怎么还有脸照镜子？他们对自己怎么交待？

我说，我想这些人会说他们只是要钱，他们不是真正在伤害谁，他们不是杀手、强奸犯或者猥亵儿童的人那种真正的恶棍。我说，也许他们每个人都说得出某个时间，当他们受到某种伤害的时候，他们自己也是受害者——尤其是在他们年龄太小，还不能自我保护的时候。那时候又有谁在乎过？谁在场管过他们？我说，他们都能够举出很多的例子，说明他们认为他们应该拥有的东西却被人骗走的情况。这是个狗咬狗、人吃人的世界。外面的世界就是丛林。人人为己。面对现实吧。

我说的这些，就是我认为这些人告诉他们自己的东西。

男人侧着头瞥了我一眼。他带着点嘲笑的意思说，很深刻哦。你是心理学家？

我告诉他我是作家。

他喃喃地说，有趣，心不在焉地看着缭绕的烟雾。

我想起希区柯克那部电影，讲的是一个叫“风流寡妇杀手”的男人。[1]查理舅舅，怒斥那些富有的老寡妇——

1 影片《辣手摧花》（*Shadow of a Doubt*）。

“肥胖的、苟延残喘的动物”——照他看来，无权享有她们所有的钱财。“动物变得又胖又老的时候，会发生什么？”他认为，他的受害者活该被屠宰。

由于他母亲已经不出门，这个男人就安排人定期把日常的杂货和其他生活必需品送上门，也安排了一个家政服务的人每周来搞一次卫生。不过，有些东西已经很长时间没有清洁了。比如窗子。这个等我开始去看老太太的时候就会发现，要不是那天在院子里和她儿子聊天，一切都不会发生。

飓风“桑迪”过后，我们的大楼停电好几天了，想到她一个人在那种又冷又黑的地方，他急得都快要发疯了。好歹固话能打通。但是，他说，下次遇到紧急情况——总会有下一次，谁知道会发生什么呢。好多年了，他一直努力劝她搬到北部，可她就是不肯让步。

他说，妈妈总是有点固执。但现在算了。就像要搬动直布罗陀巨岩一样。

我应该说我当时的生活处于低谷，因为不开心的事情似乎比值得感激的事情多（听说感恩清单对一个人的情感健康极有帮助，我就开始列了一个）。他们说，你情绪低落的时候，要想让自己开心一点的话，你就为什么人做点什么。我们，我和我的邻居，并不完全是陌生人。我在这个楼里住了好多年了，她也并不是一直都是个隐士。在门厅或者在收发室碰上时，我们会聊上几句，这种情况也是有的。我答应不时地去看看这个男人的母亲，有什么紧急情况时去查看一下。我认为这不是什么过分的要求。我之前住在另一栋楼的时候，也为一个邻居做过这样的事情；那个邻居虽然还年轻，但由于残疾，她大多数时间都不能出门。而且实话实说，虽然尚未付诸行动，我是希望我的善行也许会帮助我度过这一天剩下的时光，能比我到目前为止待在厨房里获得的成就感更大，甚至能帮助我找点事情做做，我现在感到恐怖主要是因为，我已经有一段时间，没干任何工作了。

我们交换了联系方式、一再向我表示感谢后，他礼貌地装着对我感兴趣。我写什么样的东西？让他猜：罗曼司。

就是那个时候，头顶上，从公寓二楼打开的一个窗口传来了响声。一声哭喊。一个女人的哭喊声。随着哭声变成了呻吟，我们坐在那里，沉默了片刻。

床肯定就靠在窗下。而且，因为砖砌峡谷里发出的任何声音都被放大了很多（这是房客经常抱怨的理由），它可能和使用了扩音器也差不多。

我们俩一言不发，避开彼此的目光，同时从长凳上站起身，朝着大楼的入口走过去。我走在他前面一点点，努力不让自己跑起来；我们背后传来呻吟声，没有停顿，越来越高，很有节奏，带着怪怪的责问：是吗？是吗？是吗是吗是吗？接着，就在我们快到门口的时候，传来一声：住嘴！我们听到那个女的吼叫。不！不！住嘴！

我们有没有说再见？我现在只记得男人畏畏缩缩，我则逃上楼回到自己的公寓，一到家，我砰的一声关上了房门，靠在门后，眼含泪水，心怦怦直跳。

我心想，这个事不难完成。我心想她会愿意讲讲话的，就像人们经常做的那样，尤其是寂寞的人，他们常常滔滔不绝地谈论一些与听者毫无关系的事情，甚至对完全陌生的人也是如此。我指望着她会谈谈她自己，谈谈她漫长的一生，对过去的回忆等，而我不用装着关注，因为他人的生活，尤其是他们对往昔的回忆，都是我真正感兴趣的。我曾听一位著名的剧作家说过，其实没有真正的笨人，也没有无趣的人生，如果你愿意坐下来倾听，就会发现这一点的；我认为这种说法大体上是对的。但有时候，你得愿意坐很长时间才行。在我青少年时期，我和我的朋友对彼此的父母和祖父母的关注少得可怜，现在回想起来，总让我感到非常吃惊。这些平头百姓，他们能有什么要说的呢，他们大多数不是家庭主妇或者退休的人，就是每天都要去上班，做那些在我们看来最无趣的工作。只有到后来，我才意识到，这些人可都经历过20世纪一些最有戏剧性的事件。他们自己在动荡的年代长大成人，忍受了各种苦难，逃离了国外或南方腹地悲惨的状况，在大萧条时期，他们无家可归，参加过两次世界大战，被俘后身陷囹圄，从死亡集中营里幸存下来。他们历经生活中能够降临在一个人身上的一些最极端的事情，就像那些我们在电影里见过的人物；但是，尽管我们对这些有一些模糊概念，比方说，来自电影的，然而，和你的女朋友穿的是什么样的衣服或者用的是什么化妆品比起来，这些根本不会让你产生丝毫的好奇。我和朋友们对彼此说的每一个字都很关注，男友经历的一点点鸡毛蒜皮的小事，我们听了都会惊得目瞪口呆，尽管他们和我们自己的经历也大差不离。我有个同班同学的父亲曾在J. 埃德加·胡佛手下干话，另一个同学的妈妈是急诊室的护士。这些人都是有故事的——是那种让我们一夜又一夜在电视机前看得全神贯注的故事。但是我们怎么也不会想去和他们交谈，而假如他们开始公开谈他们自己，那我们会烦死的。

然而，后来我意识到，即使在他们自己中间，和其他成年人，包括那些和他们最亲近的人，大多数人也根本不急于谈论过去，特别是那些创伤的部分。谁想记住？谁想听？似乎只有那些作家才会去说出发生过的那些事。

未说过的是个好词。意思当然是指“没有讲过”或“没有叙述过”的。但也指“太多了，说不了”。未说过的他的青春故事。未说过的千辛万苦。

你有没有注意到，老年人家里的空气总是陈腐的。即使窗子打开了，我还是感觉堵得慌。我下午顺便过去看她时，她的百叶窗一般都是拉下的，房间里唯一的光线来自似乎总是开着的电视。我不想去了给她添麻烦，所以，每次去，都带着我从街角咖啡馆买的咖啡和松饼。她显然对此很是感激；我也觉得这种方式上门不错，有内容层次，我们有点事情做做，有点东西分享一下，咖啡一喝完、松饼一吃掉，表示我该走了，也不太尴尬。

她是个很爱抱怨的人。她主要抱怨我们的大楼：垃圾在地下室里堆得高高的；管理人员修东西太磨蹭，而且他的英语太难懂了，她楼上的邻居高跟鞋发出咔嗒咔嗒响（“穿着她的一双双Jimmy Choo”），小孩子在院子里扔球。她特别恼火的是哪家的猫砂盆的味道偶尔会通过通风口飘到她的卫生间里。（我在那里的时候闻到过一次；其实，那是某个人在吸大麻的味道，但我没说。）对她早年的生活，她避而不谈。她说，她不喜欢回忆年轻的时候。那只会让她觉得自己老了。对我的生活，她也没有好奇心。我单身，我没有孩子：这算什么生活？有一次，抱怨完这栋楼里的事情，她开始往下讲到整个世界，对此，她的感受可以概括为四个字：急剧恶化。

夏天又到了，我外出旅游。六星期后我回到家，得知我不在期间，她小住了一段时间的医院，她儿子只说是冠心病。一开始，在我看来，她似乎没有什么大的变化：大体上还是像以前那样喋喋不休，但那届总统选举倒计时已经开始，她变得越来越焦躁不安。美国人真的有可能把这么一个人选上美国国土上的最高职位，选上世界上最有权力的位置，一个显然不合适，不道德，腐败到厚颜无耻的地步，满口谎言，完全不能胜任的人？

我的邻居对人类的信心从来没有如此动摇过。

她说，那个女人一肚子的歪歪肠子。她说，甚至比奥巴马那个大可恶还要可恶。我的邻居说，那个女人手上沾满了鲜血，她是个卖国贼，应该拉出去枪毙。她怎么会爬到这么高的位置的？背后当然有某种阴谋。

她儿子对我说，我自己对政治从来都没有多少兴趣。现在，我看到的两边的情况我都不满意，所以这次我可能就不参加投票了吧。但问题是，妈妈以前从来没有这样过。我是说，她从来都没有为哪一届选举生过气，我小的时候，她和老爹一般都是投民主党。妈妈以前甚至还是个女权主义者。我不是指以什么激进的政治方式，但我记得她看那本书（他称之为《女性的奥秘》），我记得她谈论妇女解放，没有更多的女性参政执政，这是多大的一件事，这又是多糟糕的一件事啊。

他说，我不想让自己听上去脑子坏掉了，但我现在听她讲话，就好像她住院的时候，有人在她脑袋里植入了一块芯片。她认为基督徒在受到攻击，她认为希拉里·克林顿是某种——我并不真的知道是什么，但是，我听到过她说希拉里·克林顿就是撒旦的奴仆。但问题是，妈妈不信教，从来都不信，我从来都不知道她会相信有撒旦存在。所以说，这情况怎么发生的？不管说的是什么，如果在肖恩·哈尼蒂[1]说的和她自己的儿子说的之间选择的话，她选择相信哈尼蒂，怎么会这种样子的？

他说，对不起，我知道你听了一大堆听烦了，但我想大选结束后，她会平静下来。

但选举结束后，她并没有平静下来。她还是那样偏执，对基督教的敌人，对真正的、爱国的美国人的敌人，还是那样暴怒。当我无意之中说肖恩·哈尼蒂会让我想起卢·科斯特洛[2]时，她很生气，好像我这样说是要诋毁他似的。

但事实上，说到她的行为，最奇怪的事情之一是，她并不真的在乎我所说的。她夸夸其谈的时候，没有一次会停下来问问我同不同意她的观点，从来都不问问我对两个候选人的看法，当我主动说出我的观点时，她耸耸肩，从

---

1 Sean Hannity（1961—　），美国福克斯电视主播、政评人。
2 Lou Costello（1906—1959），美国喜剧演员，曾和喜剧演员巴德·阿伯特（Bud Abbott）搭档，拍过《两傻大闹好莱坞》《两傻大战隐形人》等片。

来没有做出丝毫努力来改变我的看法。如果我想知道真相，我自己可以看福克斯新闻啊，而如果我不想知道，那就让我见鬼去吧。

当然，在大多数情况下，我甚至就好像不存在似的。我从未觉得自己这么多余过。咖啡和松饼就好像是小精灵留在那里似的。我开始想，我去她家对她来说到底意味着什么。我认为我还是比较善于倾听的，但是好像没有什么真正的人际间的交往。一开始我去探望，是想做件好事，做件能让另一个人受益的事——如果算上她儿子的话，是两个人。但是，如果我开始讨厌待在那里的每一分钟，为当初答应做这件事而后悔，为目光落在他们两个人的身上而后悔，认为这个女人就不该来到这个世界上，那么，这还能算好事吗？这难道不就是你所谓的令人恶心的情形吗？在我鼓足勇气再次按响她的门铃之前，我已经焦虑了好几天，除此之外，有时候，我发现自己真的怕她，她愤怒地提高嗓门，背驼着，两只布满血丝的眼睛瞪着我，这种时候，我害怕她真的要从茶几对面对着我一头撞过来。

另一方面，我现在不知道怎么才能从中脱身，不再去她家，我怎么告诉她儿子（讲真话，还是找个借口？）或者她本人（但她还会在乎吗？），我越来越觉得自己被困在一个似乎既反常又荒唐的状态中。

太令人难过了是她儿子对我说的最后几句话之一。他说，要是她从来不看电视，我知道她就不会是现在这种样子。这真让我抓狂。她最后几年本来可以在相对舒适和平安的环境中度过，对她拥有的一切也会心怀感激。结果没有，她一直处于痛苦和怨恨的状态之中，害怕所有的敌人都要来抓她，而这些敌人都是她因为受到惊吓而假想出来的。发生在老年人身上的事情太令人难过了。我不断对自己讲，这不是她的错，同样的事情也会发生在我身上。但是，我知道我宁愿早点死，也不愿意让这种事发生在我身上。

我的一个大学教授年轻时投身于人权事业，在他漫长的一生即将结束时，他只能说出（尖叫出来）几个词，其中一个词是男同性恋者，另一个是字母n开头的词[1]。

我又离开了一段时间，这次我不在的时候，是那个男人得了冠心病。我是回来后从另一个邻居那里知道的。他

1 即 nigger 或 nigga，“黑鬼”。为了政治正确，常以 n-word 代替。

告诉我，葬礼举行后不久，来了一些亲戚把那个男人的母亲接走了。接哪里去了，他不知道。不过，她的大多数物品还在公寓里；又过了一个月，同样一拨亲戚来把东西搬走了。过后不久一对年轻小夫妻搬了进去。我从未和他们哪个讲过话，但我最近注意到他们快生孩子了。

按说，问到我的老邻居的新地址不会太难，而且，我心里想，那完全是我应该做的，我应该给她寄封吊唁信。但是，发现她走了，我大大地松了一口气，我感觉自己闷声不响并没有那么羞愧。

你在经历什么？[1]西蒙娜·韦伊说，能问这个问题，就是我们对邻人之爱的真正意味了，她是用母语法语写的。但在法语里，这个不凡的问题听上去则大相径庭：*Quel est ton tourment?*[2]

---

1 此句即本书书名：*What Are You Going Through?*
2 这句话直译为：你的痛苦是什么？在法语里，tourment 表示“痛苦”“磨难”“折磨”等。与它相对应的上面那句英语表述里，则并没有出现“痛苦”这个词。

第八章

我朋友开始了我们生命中最重要的对话，她问我有没有听说过爱因斯坦的私人写作中含有几个种族主义的刻板印象的例子，有没有听说过他是个虐待妻子的丈夫。我告诉她我听说过，她说，所以，我想相对论才成立啊。

我放肆地咯咯笑起来，问她感觉怎么样。我觉得，她看上去气色不好，憔悴，脸色蜡黄，不过，可能也不会比我上次见她时更糟。新情况：双手颤抖，就讲讲话都时不时地喘不过气来。

她说，我做了件非常蠢的事情。

我说，你做什么都可以的——说完立刻就担心她会以为我是指因为你人之将死。

她原先答应做一次播客，回答关于患了绝症是什么感觉这样的问题。她说，医院一名社工不知怎么提出让她做的，她本该知道这是个错误。她说，结果，做得不顺利，用她的话说，失控了，部分原因是她的病痛，另外，她没吃东西，所以感到头晕目眩，她说，那天她没能控制好一切，她应该知道那些问题会有多么令人恼火的。或者即使问题并不真正令人恼火，她也很可能认为它们是的。

她闷闷不乐地说，现在一切都晚了，无法弥补。

我说，那又怎样，谁在乎啊？我一说完，就又一次希望我能收回我的话，怕她听了以为是你人之将死的意思。

她说，你是对的。我不该在乎。但是，当你的时间不多了，而每分每秒你都过得非常糟糕——你把每分每秒都浪费在做一些蠢事上——唉，感觉糟透了。更别提你不想让自己给这个世界留下的最后的印象之一是丢人现眼的彻底失败。

我说，我敢肯定事情没有你想得那么糟——我是由衷的：我从未见过她在众目睽睽之下给人留下坏印象。

我忘记说我们在哪里了。我们是在一家酒吧。她是几天前来到这座城市的，来之前，特别问到我们能不能在这家酒吧见面；以前我们常来这里，有时一周每天晚上都来，那时候我们在附近租房，是室友（同住的还有另外一个女人，早已与我们俩都失去联系）。我的朋友一直住在酒店里，她强调说她宁可住酒店，也不愿意当房客，尽管并不特别喜欢住酒店，但她一直讨厌当房客，即使她有几个闺蜜住在这里，即使她这次来的主要目的就是和她们聚一聚，如果她感觉不是太虚弱——她说，如果我的心脏吃得消——就去看看那几个当年她住在这里时就对她有特殊意义的地方。我们在酒吧见面，一起喝上几杯，将会是她回家前我们唯一的见面机会。

以前这是一家低级酒吧，坐满了酒吧常客，提供廉价的酒水，唯一的食物是一些事先包装好的酒吧小吃。有一张台球桌和一架老式沃立舍钢琴；你当然能抽烟，几乎人人都抽，包括我们俩。它现在已经和小区一起改造出新，有一本超大的活页酒水单，上面的葡萄酒标价也超高，原来放台球桌的地方现在是东西看上去不新鲜的风味小吃柜台，一个俗艳的爵士乐的播放列表。酒吧两头各有一个电视屏幕，都调成了静音，频道不同，一个播报新闻，另一个是体育节目。

这么多年下来这个街区唯一幸存下来的商店——而且就这里的客流量而言，算是做得非常好了——当然也是一丁点个性都没有了。我们为此感到遗憾，感到悲哀。但它依旧是我们青春的圣地，我们多少次从这儿跌跌撞撞地回家，互相搀扶着，不止一次地停下来好让这个人或那个人在泊在那里的车辆之间呕吐。你在吐的时候，她把挡在你脸上的头发撩开，这时你知道她是你的女友。我们会为这个干杯。

我不会在没有尊严的痛苦中离开。

听见她这样说，我并不感到惊讶。首先，她以前就说过这样的话。我知道我懂，我之前就接受，日后可能会这样。但眼前她告诉我她有安乐死的药的时候，一种完全不同的感觉涌上我的心头。

我不知道说什么。

我在希望你会说好的。

对什么说好的？

对我要求得到你的帮助。

我的帮……？我的喉咙哽住了，这让我像卡通片里的人物那样倒吸着气。也让她笑了。

她说，我不是在说帮我死。我知道怎么做。不复杂。

复杂的是在现在与那个时候之间该做些什么。

她说，首先，我说不准会有多长时间。

懂了，她想尽可能少受罪。

她说，但我也希望事情尽可能地平静。我希望一切都有条不紊。

她说，她想去个什么地方。我不是指旅行。旅行会分散注意力。那不是我寻求的。如果我真的回到某个我喜爱的地方，或者让我很快乐的地方（比如希腊，她在那里经历了她人生的浪漫，或者布宜诺斯艾利斯，她在那里度过了她最棒的假期）——嗯，你知道他们会说什么。决不要回到曾经让你真正开心的地方，事实上，我这一生中已经犯过一次这样的错误，结果，所有第一次美好的回忆都被玷污了。

本来我可以告诉她，我也犯过这样的错误。不止一次。

她说，并不是她反对做一次短的旅行。但是，我真正想要的是找个安静的地方，不一定要远——实际上不应该太远——也不一定得是什么特别的地方，只要我在那里能够安安静静，做必须做的最后的事情就好了。她气有些喘不上来，但还是补充了一句：想想我最后的一些想法。想什么都行。

我松开了我紧握杯子的手。如此说来，她只是要我帮她找到这种理想的地方。我问她是不是确定要在一个陌生的地方，而不是在家里。

她说，我想这会让事情变得容易些。只要是一个舒适、安全、有吸引力的地方。我在离家的地方，比如在做访学研究的地方，在冥想静修之处，甚至是在酒店里，都做成过最好的事情——我最深刻的思考。我想这样准备起来——一门心思地放下——会更容易的；在这样一个地方，四周不会有亲密的、熟悉的东西——所有那些引起我牵挂的东西。

她说，当然，我也可能是错的，所有这一切结果都可能是某种幻想。但我想了很多，觉得这样做对我来说是对的。我说得有道理吗？

我说，我认为有道理。你是要我帮你找到一个地方，还是要帮你住进去安顿好？

她说，不用你找。我自己可以。我已经开始找了。

她把一个手掌平放在桌上，另一只手压在上面来抵制——或者说掩饰——她的颤抖。

她说，我所需要的是有人陪在我身边。当然，我会需要一些独处的时间，毕竟这是我已习惯的，我一直渴望的——这一点临死也不会改变。但是，我不能完全独自一人。我的意思是，这是一种新的冒险——谁说得准它真的会是什么样的呢。如果出了差错怎么办？如果一切都出了差错怎么办？我需要知道隔壁房间有个人在。

拼命保持镇定、搜肠刮肚找词接话。

我说，我同意。你不该独自一人。

但是停顿一下之后，我问她，有个关系和她更亲近的人，有个家人陪着她，是不是会感到更安慰些呢？想当年我们经常光顾这家酒吧，都可以算是死党了，但是，这么多年来，虽然我们一直保持联系，不过，我和她都是以各自不同的方式生活，所以，她在要求我做的事情，似乎让我感到困惑。加上她说到的那个药让我很是震惊，还没回过神来。

我的家人，她淡淡地重复。哦，那就是我的女儿——我没有别的亲近的家人——我不可能叫她做这件事，不合话。倒不仅仅是因为我和她相处一点儿都不愉快。但正因为如此——因为我俩的关系一直问题多多——坦率地说，那样的话，造成心理创伤那就太痛苦了。她可能会同意，出于责任感。但她总是对我怀有敌意，所以，我不知道她感情上如何应对得了。不，我不知道我有什么理由把她置于这样的境地。还有，因为她是我的遗嘱中的主要受益人，情况就更加复杂了。

服务员过来问我们要不要再来一杯，根本不管我朋友的杯子还满着呢。（她之前说过，这只是摆摆样子的，一只手在那杯加奎宁水的杜松子酒上面挥了挥。我服药期间不能喝酒。我们俩的都归你喝。）我自己的一杯没多久前喝光了，服务员一走开，我就伸手去拿她的杯子。有那么一刻，她带着被逗乐的表情注视着我，然后说，我知道，当我说你并不是我的第一人选的时候，不会伤到你的感情的。

她的两个最要好的闺蜜已经拒绝了她。她们对她说，她们绝不可能参与任何形式的安乐死，哪怕是间接的。尽管她们理解她为什么最终做出这样的决定，她们也不希望她受罪，但是，她们绝对不可能在她结束自己生命的时候还袖手旁观，她们会试图阻止她。别，她们说，别，别。

她此时对我说，人就是这样。无论如何，他们都希望你继续抗争。患者与疾病之间的一场战斗，也就是善与恶之间的战斗，我们一直就是被教导这样来看待癌症。有正确的行动方式，也有错误的行动方式。有力的方式和虚弱的方式。勇士的方式和逃兵的方式。如果你幸存下来，你就是个英雄。如果你失败了，哦，也许你就是不够拼。我知道这个或那个人拒绝接受他们从那些可恶而愚蠢的医生那里得到的死亡判决，最后得到了多活很多很多年的奖赏的故事，但你不会相信所有这些故事的。她说，人们不想听见晚期了。他们不想听见无法治愈了或者不能动手术了。他们称之为失败主义的言论。他们说些疯狂的话，比如，只要你活着就有机会。还有，每天都会出现医学奇迹——好像他们一直在追踪。他们说，如果你坚持下去，谁知道呢，他们可能就会找到治愈的办法。我从来都不知道有这么多聪明的、受过教育的人会有这样的错觉，认为治愈癌症的办法指日可待。

她继续说，我并不认为他们都真信自己所说的那些话，但是，他们显然相信这是他们该说的话。很多人试图劝我别放弃。她说那些人对她说，你要竭尽全力，你得继续抗争下去。你得不屈不挠，这就是他们的意思，她说。继续抗争，就好像一切都好，也许这样一切就会好的。就好像说，假装你真正做到，我朋友说，她自己笑得上气不接下气。化疗可能会让你长痤疮，还有满嘴的溃疡，但是，你必须一直涂口红。

她说，人们对付这种病的唯一途径似乎就是让它成为一种英雄故事。幸存者是英雄，除非是孩子，而孩子的话，他们就是超级英雄；甚至不过才开始做他们那该死的工作的医生，也被说成是在采取勇敢的措施。但是，癌症为什么是对一个人的勇气的某种考验呢？她说，我无法告诉你，在搞清楚这一点上，我有多难。所有人对我说的话几乎没有不是陈词滥调或老生常谈。我退出了社交媒体，因为我得摆脱所有这些噪音。其中最糟糕的一些来自癌症支持团体——把你的癌症视为一个礼物，一个精神成长的机会，开发你从来都不知道你拥有的资源的机会，将癌症视为成为最好的自己的旅途中的一步。我是认真的。有谁想听着这些废话死去呢。

她喘着气做了个夸张的、颤抖的动作。

她继续说，如果这真是你想要听的，你的医生会直接告诉你。无法治愈了。不能动手术了。晚期了。她说，就我个人而言，虽然没人用过这个词，但我宁可用致命的这个词。致命的是个好词。晚期的[1]让我想到公交车站，这让我想到废气和那些令人毛骨悚然的搜寻出逃者的人。回到我刚才的话题：我已经研究过了。我知道如果我顺其自然的话，会有什么样的遭遇。姑息治疗只能做这么多。在临终关怀医院苟延残喘，变得越来越无助，直到我彻底不能自理，我看不出这有什么意义。她说，人们应该能明白这是我的战斗方式。如果我自己不先垮，癌症就打不垮我。她说，当我准备好走了，等待还有什么意义。我现在需要的是有个人能理解这一切，保证会支持我，不会去做傻事，比如趁我睡着了，就把那些药丸从抽水马桶里冲下去。

她说，后来，我突然想到，也许，我该找一个现在和我并不很亲近的人，一个我信任的人，但我又不是习惯于经常见到、对方也不习惯于经常见到我的人。我想到过另外一个老朋友，碰巧也是医生，在很多方面都会很理想。但她离不开诊所，要上班。我朋友说，这也是一个要考虑

1 terminal 也有“终点站”的意思。

的因素：人家要上班呐。

包括我。但是，正如我朋友马上提到的，现在是夏季。学校放假了。

我说——说点什么——我希望我们不是在一个公共场所。

她说，啊，但那样就太刻意了。我认为我们待的地方不会让我们——太情绪化。不过，也一样啊，当我想到我和你坐在酒吧这里，聊着这个话题的时候，我也同样忍不住啊。

我不知道她在说什么。

伦理学导论课。你不记得啦？那个教授两人一组把全班分为若干组，每一组辩论一个特定的伦理问题。我们组的问题是死的权利。生命的神圣对生命的质量。我们一起边喝啤酒，边讨论这个问题。还记得吗？你争辩说，一个人在任何情况下都有权结束自己的生命，不只是得了绝症。这是他个人的事，不是任何其他人的事，更不是国家的事。她说，我记得这让我很紧张，因为当时你经常抑郁，而且你也会非常冲动，听到你这么激烈地为自杀辩护，让我很害怕。

我听了目瞪口呆，差点跳了起来。并不是我以前没见过这种事：一个人讲了一个过去的故事，这个故事他们回忆起来十分生动，而实际上完全是虚构的。我并不认为我朋友在撒谎；相反，我知道，她刚刚说的话是毫无恶意的。我知道是怎么回事：她的想象力为她提供了一种记忆，帮助她以一种特殊的方式更加连贯地思考创伤情景。我和她讨论过一个人死的权利这个问题，这完全有可能。更有可能的是，我持的是她说的我那种立场。也许，我当时真的就是她回忆的那个长期抑郁、冲动行事的年轻女人。但我和她从来都没有在这家酒吧或任何其他地方一起做过这样的作业。我从未选修过伦理学导论这门课。

然而，这一切我都没有说。事实上，我没有就任何事情说任何话。我感觉不舒服。连续喝了两杯酒。但是，并不仅仅是酒让这个房间在旋转。

她说，我知道你在想什么。你在想，我不敢相信我们在交谈这件事情！我知道，我的要求太高了。一种巨大的责任。你不用现在就回答我。当然，除非你能？

我摇摇头。看到我很犹豫，她说，哦，行了。你的冒险精神都去哪儿了？

对此，我只能又一次摇摇头。

她说，那好吧。我明天回家。到家后我给你打电话。

走出酒吧的时候，我停下来说我最好去趟洗手间。

她问，你不舒服吗？

可能是的，我扭头说。

要不要我帮你撩头发？

她说，有两个地方可以去。一个是南大西洋海岸附近一座岛上的一栋避暑别墅。房子属于她的一个表兄家；他打算等到夏末才会去住。她和这个表兄从来都不熟，但他第一次得知她的病情后，就好心好意地主动借给她让她休个短假。她去过那里一次，多年前了，参加一场婚礼；她记得房子和海滩真是太美了；但即使才到夏初，岛上也可能挤满了游客，她说，所以，去那里不容易，而且，她说，我不希望我生命的最后时光是在一个红州度过。

所以，她倾向于另一处，是一对退休夫妇在新英格兰的家；他们退休前都是大学教授，现在大多数时间在外旅游。任何时间，只要可能，他们就在“爱彼迎”上预约短租客，这样来贴补旅费。

她在电话里告诉我，我们可以住一个月。我想我不需要那么长时间。

我会习惯这种谈话吗？即使我已经在想我的邮件该怎么处理——让它们堆积在那里，让邮局转寄，还是请他们代我保管——我还是觉得，要问我得计划离开多久，是不可思议的。

她说，并不是说我已经挑好了一个日子。尽管，正如我所说的，我准备走了。你甚至可以说我迫不及待地要走了，一方面，我已经对死有了很多很多的考量，另一方面，我已达到了我认为能承受的极限。但我不知道我的身体会做出什么反应。

尽管她停止化疗后感觉好多了，但她的症状可能每天都在发生变化，她在服用的抑制症状的药物也有一些副作用。

她说，不管怎样，我希望事情自然地发生。我觉得时机到了我就知道了。

她说，不过，你——嗯，你不会知道的。显然，我不会昭告天下的。

就像主的降临一样，她开玩笑说：你不会知道哪一天或者哪一刻。

她已经决定不跟任何人讲我们的计划。我已经走到这一步了，不想冒险让什么人做出什么愚蠢的干预，她说，连小小的扰乱都不行。我想要平静。

没人会知道我们在哪里。

她对我说，为了你的自我保护，你需要装聋作哑：我从未告诉过你我准备做什么，你甚至都不知道我有药。

事实上，我已经把这一切都告诉了另一个人，但我没说这句话。

一张那栋殖民时期风格房子的照片让她想起她小时候住的房子。它们都建于1880年代，她说，尽管这栋更小些。她告诉过我，卖掉儿时住的房子让她伤心欲绝。但父母亲过世后，她和女儿都从没想过自己会在偌大的房子里住下去；况且，不幸的是，房子所在的郊区已被过度开发。她说，退休教授的那栋房子有很多方面让她喜欢，其中一点是，房子是根据老年人的需要进行了翻修的。一楼有个带卫生间的大卧室，卫生间装了扶手和内置的淋浴凳。她说，考虑到她现在这么虚弱，而且，有几天她走路都有困难，这可是件幸运的事情。另外，本来的主卧在二楼，在房子的另一头。她说，这样，我们每个人都可以有自己私密的空间。（对我来说，这整个私密空间我会用来做什么，是个非常吓人的大问题。）

相邻的房子间距很大，房子的一边毗邻自然保护区。

她说，我对那个城镇不太熟悉，但我曾路过那儿。我一直都非常喜欢新英格兰沿海城镇。那里应该有一些好餐馆，我现在又开始能够品尝美食了，我喜欢这种状态。

事实上，她真不需要再多想了。她说，这个地方看上去很完美。

她的声音里充满了兴奋——任何人都会以为我们在做度假攻略。

她说，我在给你发照片；电话挂了才过一会儿，照片就收到了。六张房子的照片，内景外景的都有。一张秋色（红色、金色）正浓时的院落的照片，另一张是初雪中的院子。我恍惚之中盯着一张张照片看。我不在乎我们是在哪栋房子、哪个城镇里。对我来说，她有多在乎才是最重要的，这让我辛酸得无法忍受。

她说，她在家里还有几件事情要做。还有几个抽屉要清空，还有些文档要处理，还有一些人要最后见一面。

我们在酒吧见面后，一星期过去了。

她发来短信说，开始整理行李。

我机械地把衣服一层层放进行李箱时，她再次发来短信：谢谢你答应这么做。

之前，当我告诉她我同意，并说我会做任何她需要我做的事来帮助她终结生命，她如释重负，开始啜泣。

几秒钟之后，她又发来一条短信说：我保证尽量让这件事变得有趣些。

第二部

死神不是艺术家。

——儒勒·列那尔*

* Pierre-Jules Renard（1864—1910），法国作家，代表作有《胡萝卜须》。

第一章

这栋房子就像广告上描述的那样，雅致、干净、整齐，有一些特别的令人愉快的点睛之处：卧室里放了花，厨房备有咖啡、茶、果汁、酸奶、面包以及其他一些基本的东西。额外的枕头、额外的毯子、壁炉需要的木柴——这一切（被“爱彼迎”授予“超赞房东”的）房东看起来都想到了；他们出发去欧洲之前给我们发来了定位导航和大门的密码。

我们马上注意到，房子里没有照片——我们猜想，照片和其他私人物品、证件文档全都收了起来——但是，客厅显眼的位置摆放着一幅一个女人的画像，我们认为一定是年轻时的女主人。这是一幅真人大小的油画，让人想起约翰·辛格·萨金特的肖像画《某夫人》。事实上，这幅画也许只是萨金特肖像画的仿制品。一个有着长到不可思议的天鹅颈的女人，穿一条简单的黑色低胸裙，裸露出她的上半身——权且将鸟类的比喻混合使用——鸵鸟蛋似的两个乳房。一只手搁在椅背上，另一只手里拿着一支百合花。色情和素朴的一种晦涩的混合。

我的朋友说，如果真的是她的话，我不明白她怎么能受得了。她丈夫怎么能受得了。我是说，每天都要生活在这样一种触目惊心的提醒之中，提醒她当年是多么年轻，又是多么性感火辣。

我耸耸肩。我说，你知道你每天都面对某件东西的时候，会是何种情形。很可能，他们甚至对它都视而不见了。

的确如此。但是，我能想象每当有人第一次看见它，他们会说，哦，这是你吗？你知道，人们看到一张比本人好看的老照片的时候，总是这样对你说：那是你吗？你尴尬得直皱眉，因为他们已经让你知道你现在不再是那个样子了，那也可能是别人。真丢人啊。不应该的，但真的很丢人。

我也觉得很丢人。我说，另一方面，很多人挂着他们很多年前拍的婚纱照。

哦，把你自己当新娘时的照片挂出来是一回事，而这幅……

她说，不管什么。它多碍眼。把整个房间的布局都给破坏掉了。

我们可以用块布把它遮盖起来。

我朋友笑了。哦，上帝，别。那样会越发叫人感到不安的。

房子里还有其他画作，大多数是风景画，要不就是海景画。餐厅里摆着一幅巨大的黑白照，是这栋房子的照片，镶嵌在镜框里，注明1930年。

除了那碍眼之物，这栋房子符合我朋友的期待，这让我松了一口气。

她说，这更让我想起自己长大的地方。我父母也会找同样的室内装潢师的。说起来，他们打死都不会把一串钥匙交到一帮完全陌生的人手里。人的改变真大啊。

我也喜欢这房子。制作精良的家具置于未铺地毯的、打过蜡抛过光的地板上。有一些陶瓷制品，但是基本上没有其他的室内装饰。舒服与简约之间的这种平衡，我听人称之为夏克式[1]奢华。

当时是下午三点左右。由于下了几场瓢泼大雨，所以，我们一路上耽搁了，但令人开心的是，就在那栋房子出现在我们的视野里的那一刻，太阳从云层后面钻了出来。路上，我们已经吃过牛油果西红柿三明治了，那是当天早上我为我们俩准备的。现在我们要的就是咖啡了。我们煮好一壶后，就每人端了一杯进了我们的房间。我们已经决定，打开行李之后，就去镇上很快地兜一圈，然后早一点吃晚饭。我朋友浏览的某个美食网站上，有一家被点赞的鱼馆。不过，我禁不住认为，这是为我而开的。尽管她的味觉——以及吞咽——比她多次化疗期间要好很多了，不过，她的食欲一点都不旺盛。她吃完牛油果西红柿三明治差不多花了一个小时，我假装没注意到。

过去的一周我就像个醉汉，稀里糊涂过来的，奇怪的是，我所有的感觉都给压抑住了，但现在我对一切的一切都有着敏锐的感觉：从卧室窗子倾泻而入的炽热的阳光，

1 Shaker，夏克式家具，亦称“震颤派家具”，崇尚简约风格。

闻到和品尝到的咖啡的味道，床上靠在天蓝色羽绒被上的蓬松的枕头，金色木地板的纹路，色彩绚丽的基里姆地毯铺在地板上给人一种欧普艺术品那种触动感。壁橱和衣柜抽屉都散发出薰衣草的味道。（我在楼下闻到一种不同的气味：一种水果的涩味，像柑橘鸡尾酒。）

换了其他时候，这里会是一个极好的工作场所。但是，我都怀疑自己能不能集中注意力看看新闻。我原来以为我会做的是，一部接一部地看流播电影，最近几年落下并以为永远都无法追上的所有好看的电视连续剧一集集地刷。我还想当然地以为，所有的洗衣做饭搞卫生或者其他跑腿的大事小事我都要包揽，我知道我会非常乐意做这些的，我只担心没有足够的活儿让我忙碌。

最好不要期望太多，这是我给自己的劝告。尽管我的朋友似乎对她的决定有完全的把握——到目前为止我还没有看到她有过动摇——在我的内心深处，我表示怀疑，觉得事情并不会按计划发生。现在，我们在这里，但单凭这并不意味着她肯定会把药服下。毕竟，她来这里是为了思考，而思考就有可能让她改变主意。也许，她会决定推迟一段时间再服药。（我无意中知道，大多数垂死的病人都拥有一剂致命剂量的药物，但他们从未服用。）不管怎么说，对我而言，想象一周左右以后，我们将一起离开这栋房子，比想象我独自离开要容易得多。

我清楚地意识到——这一意识让我很烦恼——虽然我同意帮助我的朋友，不过，我之前很大程度上并未真正接受——实际上显然非常抗拒——我们在这里的原因。我为什么在这里。

自从我同意陪她到最后，我有很多次感到畏缩，告诉自己我犯了一个严重的错误，这不可能，事实上我也做不到。然后，我也想到我同样也不可能食言。我想，我至少应该把这些不安告诉她，对此她回应说她无论如何都要这样做。

你想要我独自做这件事吗？因为我要告诉你，我没有时间和精力把我认识的所有人都过一遍。我要安静。

我要安静是她开始经常说的话。

你的冒险精神都去哪儿了？好像这样就能说服我似的！事实上，我同意帮我朋友的真正原因是，如果我是她，我也会希望能做她现在想做的事情。我也会希望某个人帮我。（在接下来的日子里，有些时刻，我无法逃避有这样的感觉：这是一种预演，是我的朋友在为我指路。）

我是在打开行李的时候，突然想到我应该记日记的。我仍然觉得，我朋友的女儿，她唯一的家人，没有参与到正在发生的事情当中，甚至都不知情，这是完全不对的。我理解我的朋友在这方面的想法，能明白她的方式也可能是对的，但这让我很难过，让我感到内疚，像是一种背叛。并不是说我要背着她和她女儿取得联系，就万事大吉了，起码我要留个记录传下去。我认为，到时候，和我朋友很亲近的那些人会想知道她在走向生命的尽头时是什么样的，她说了什么，想了什么，有什么样的感受。所以，尽可能详细和准确就非常重要，当然，仅凭记忆是不可靠的。我也想到，坐下来把每天发生的事情记下来会有帮助——因为用日记的形式记下其他经历，包括一些非常艰难的经历，曾经帮助我保持头脑清醒，尽管也许没有一次经历像这一次这样奇异。

一场冒险？若是，它将是我们俩所处的两个不同的冒险行动，她的完全不同于我的，无论接下来的日子我们能分享到什么程度，我们俩各自都会非常孤独。

有人说过，你来到这个世界时，至少你们有两个人，但离世时却是独自一人。死亡会发生在我们每个人身上，但它仍然是人类最孤独的体验，是一种分离而非将我们汇合到一起的体验。

被打入另册了。还有谁比垂死的人更是这样呢？

我想过，我应该列个清单。自从这一切开始，我就列了很多清单，没完没了的待办事项的清单——正如司各特·菲茨杰拉德指出的那样，人到了崩溃的边缘时往往会这样行事。我的做法是列个清单，然后忽略它；我甚至不再看它一眼，而是坐下来，重新列个清单。

但日常生活用品呢——我们不是需要日常生活用品吗？我们当然需要。明天我要去购买日常生活用品，为此，我得列个单子。

我打开行李收拾好，在一缕阳光下坐在桌前写下要购买的日常生活用品的清单时，很高兴地估量了一下，认为我还算处于一种不错的平静状态。房间的一个角落立着一面漂亮的古色古香的穿衣镜。我会搞定的，我向它保证；然后——对无意中发现的双关语[1]莞尔一笑——我就下了楼。

---

1 “我会搞定的”原文为 *I will get through it*，既指把清单上列出的用品买齐，又指能克服目前的困难：陪伴她的朋友面对死亡。

到了楼下，看到我的朋友在餐桌旁垂头流泪，我的平静给打破了。

我的第一反应是，她改变了主意。等我们到了，她才意识到她根本不想在这里。对这一点，正如我说过的那样，我有准备。

她哭着说，你不会相信我都做了些什么。

我整个身子都紧张得发抖。她不会疯狂之下，一时冲动，就在刚刚这么一刻儿服下药了吧？但是，她不可能啊。她不会啊。

我忘记带上它们了！

什么？

药，当然是药。还能是什么。你知道，我把它们藏在我的卧室，一只抽屉的最里面，我装行李的时候，忘记把它们拿出来了。

我如释重负，走起路来几乎是踉踉跄跄。

她说，我们得回去。

当然！我们明天第一件事就是回去。

不能明天。就现在。

我想她不可能是认真的。

她提高了嗓门说道，我必须确定我没把它们丢掉，也没放错地方。我必须知道它们在那儿。我必须知道它们没被偷掉或怎么样，它们没有凭空消失，它们一开始就不是我臆想出来的。

她双手紧拽着头发。我担心她会像个疯女人一样把头发拽下来。

我们得走，我们现在就得走。

后来，发现药安安全全的，就在她房间新藏的地方，我们俩第二天晚上又去了那家精致的鱼馆，快吃完的时候，我悄悄地暗示说，她以为把药落下，这可能是她对服不服药，内心是纠结的。毕竟，其他所有的药她都记得带上了——而且它们还那么多!

胡说八道，我不纠结。我叫你别跟我提这个的。

我不记得你跟我说过。

好吧，也许不用费那么多话。总之，你错了。我清楚地知道是什么让我忘记的。化疗脑。

我知道什么是化疗脑，但我没吭声，她继续解释。

记忆力衰退，注意力不集中，昏昏沉沉，信息处理困难。甚至在治疗结束后，都还可能发生这些现象，甚至变得更糟。认知功能障碍。这可能会持续数年，有些情况下持续终生。她说，我可以给你举出很多例子。

有一次，她寄包裹，却填了自己的地址而不是收件人的。她去买鞋，即使试过了，结果买回来后发现尺码还是错了。买裤子也出现了同样情况。她不断地丢三落四，丢钥匙、钱包，还有手机。

她说，我写的所有东西我都得校对一百遍，而且每次至少发现之前没看出来的一个错误。我不再相信我对任何事情的判断。我想着要付司机20%的小费。结果，糊里糊涂中，我会付给他20美元。

我想问问她，那她怎么能信任她做出的把我们带到了这里的重大决定的。她怎么就知道这不也是化疗脑的结果呢?

第二章

某些神奇的巧合。

我划开手机，看看几点了；手机就在我书桌上的一本书上面，这本书碰巧是本·勒纳的长篇小说《10:04》，而我看到时间是10:04。

一边把那只猫抱着靠在我肩上，一边看关于一部新电影的文章。就在我看到吸血鬼这个词的时候，猫的牙齿咬住我的脖子，要知道它可从来都没有咬过我。

在哥伦布发现美洲纪念日的那天，我看到我的支票户头里余额正好是1 492美元。

新闻里报道了两个人之间发生的激烈争吵。一名白人男子与一名黑人男子。白人姓布莱克[1]，黑人姓怀特[2]。

而在这里，在这栋房子客厅的一个书架上：以1970年代丑陋、阴暗的纽约为背景，海史密斯和西姆农传统下的心理惊悚小说。

这不算太神奇。很多人都有同样的书。神奇的是我上次看到的同一页——新的一章的开头——也是卷着角的。

那个杀手是个酒鬼。他新交的那些新潮的朋友都相信一个流行的观点：抽大麻能治疗酒瘾，但是对毒品他是提防的。一天，他们让他吃了一块巧克力果仁蛋糕，但没有透露里面有印度大麻。结果，他开始贪婪地吸食大麻，却没能戒掉酒，反而成了长期酗酒和吸食大麻的瘾君子。随着他的行为变得越来越令人不安，女演员开始后悔交了他这个朋友——尤其是在他勾引了她最好的朋友之后；她这个好友疯狂地爱上了他，最后却发现自己落到个受虐待和被抛弃的下场。但杀手的嗜好才是他的致命伤。日益恶化的偏执和缺乏自控，使他变得行为古怪，反过来又让警方隐隐约约地怀疑他认识那个被发现勒死在公园里的女人。

1 Black，意为“黑色”。
2 White，意为“白色”。

女演员被杀手强奸之后，便报了警，并说出了她的怀疑。后来，女演员调动了她所有的演技，给杀手下套，操纵他，让他供认，这些被警方在她的房间安装的设备录了音。同时，她自己也侥幸逃脱，才没有被谋杀。

审判期间，杀手意识到他的案子备受关注，所以，他想象会有一本关于他的书被人写出来——一本畅销书，随后将被拍成一部大片。他想到，不管是谁在片中扮演他，都不仅要是个好演员，而且还得是个了不起的舞者。那当然必须是约翰·特拉沃尔塔。我们看到这里时，他被判终身监禁，幻想着银幕上由约翰·特拉沃尔塔担纲主演的他这个原型。

这本书还有50页左右，但至此杀手的命运盖棺定论，所以，我不确定我还会不会往下看。我想，很可能后面还会有一些曲折，但我不是很喜欢看悬疑小说中的曲曲折折。

大型购物中心有一家书店。当我们顺道去逛一下的时候，我的朋友比我先注意到：看，谁要来这个城市了。

确切地说，是隔壁城市，在州立大学的一个校园里。**“情况会有多糟。”**一个关于全球危机的研讨会。

根据海报，会议将在一个星期后举行。

某些神奇的巧合。

她问，有兴趣去吗？

我提醒她我已经听过这个演讲。更不用提还看过那篇文章，演讲就是基于那篇文章。

她说，对哦。我都忘了。

她又补了一句，我希望你不会介意我说的话，我一直认为他是个混蛋。

她称他是一个咄咄逼人、傲慢自大、老资格的男记者，并一口气说出了其他几个类似的人的名字。

不管怎样，他曾是我求助的对象。他是我无话不说的人。他是我在这整个折磨结束时会打电话的人。但对此我一句话都没有说。

我朋友，很可能是我知道的读书最多的人，最近一直有阅读困难。她说，自从我的诊断出来之后。这是她生平第一次没有同时看几本书，并急于看下一本新的书。

她对我说，她曾经试着回头去看她已经看过的那些书，那些对她来讲最重要的书。

她说，然而，旧魔法就是不在了。我最喜欢的作家，我最喜欢的书——他/它们不再像以前那样影响我了。我失去了耐心。你知道，这真的和看坏书没有什么区别。我一直想说：你为什么要告诉我这一切？

我给她讲了另一个作家的故事。这个作家在一家文学杂志的博客上写了一篇文章，讲述他拜访以前的一位教授；教授对现代文学怀有的激情给了当时还是一个学生的这名作家某种启发，也帮助塑造了他。如今坐在轮椅上教授有充裕的时间，他说自己一直在重读现代文学大师——福克纳、海明威、司各特·菲茨杰拉德等。对于这个作家提的问题“他们是如何被常读常新的”，老教授回答说他们并没有。完全就像是空洞的表演，他这么评判他们。根本不值得。

我朋友说，然而，还不只是阅读。我很难搞清楚我还应该把注意力集中在哪里。比如，音乐就非常奇怪。她说，我以前喜欢听不同种类的音乐，可现在音乐成了某种令人恼火的东西。谁想得到会这样呢？

她说，大多数流行歌曲她听起来都是千篇一律地单调乏味。歌词的浅薄（她问道，为什么这条规则从来就没有例外呢？）这以前从未真正困扰过她，而现在却让她感到沮丧。

她说，近来很多古典乐似乎也让她感到沮丧。太多。太严肃，太煽情。她说，让人悲伤得不能自已。

我听了很吃惊。最近，古典乐也差不多以同样的方式开始让我感到不安。我以前爱听的、视为一种祝福和一种安慰的音乐，现在再也听不下去，这一变化我根本搞不懂是怎么回事，却让我感到心碎。

房子的主人酷爱老电影。在他们收集的大量的DVD里，有《明日之歌》[1]，我们俩都没看过的一部电影。我记得是它给了小津的优秀影片《东京物语》灵感，[2]我迫不及待地想马上就看。

大萧条时期。一对上了年纪的夫妇失去了他们的房子和所有积蓄，只得寻求孩子们的帮助。他们不想成为一种负担；事实上，老先生一辈子辛辛苦苦地工作，现在他还是竭尽全力地继续养家糊口，但是，到了他这个年龄，已经不可能找到工作了。对孩子们来说，不得不安顿贫困、

---

1 *Make Way for Tomorrow*（1937），美国导演莱奥·麦卡雷的电影。
2 其实导演小津安二郎并没有看过这部电影，而是编剧野田高梧看过。

年迈的父母的确是个负担，他们几乎没有掩饰自己的怨恨。爸妈婚姻幸福长达五十多年，彼此分开的想法让夫妻俩无法忍受，但对孩子们来说，这是唯一公平而可行的解决办法。开始他们分开可能只是暂时的，但是，当爸爸被迫搬去和女儿住，离妈妈被安排和儿子、儿媳一起住的地方相距甚远时，他们的分离就是永久的安排了。孩子们为父母安排了一场告别晚宴，但是，子女的背叛太伤他们的心了，老夫妻俩为了在老先生出发去加利福尼亚之前好好享受最后一天的二人世界，决定不吃大餐，自己出去玩一晚。他们就在当年度蜜月的那家酒店共进晚餐。然后，老先生赶火车的时间到了。在车站，尽管他们表现得很勇敢，就好像这不是他们彼此的生离死别（爸会在西部找到一份工作，他会接妈过去，他们很快就又会在一起，永不分离），但（对他们，对我们）他们的故事会有怎样的结局，那是再清楚不过了。

奥森·威尔斯[1]称之为史上最悲伤的电影。

我们并排坐在沙发上看这个片子，人都要窒息了，紧

1 Orsen Wells（1915—1985），美国导演、演员，奥斯卡终身成就奖获得者。

紧地抓着对方，像两个溺水者绝望地挣扎着要救对方。

这并不是说我们后悔看这部电影了；不管多么悲伤，一个讲得优美动听的故事总会让你振奋。

房子的主人们非常喜欢巴斯特·基顿[1]。我们看巴斯特·基顿冲下山，躲避着雪崩一样滚下来的岩石，想要把他那喝醉了酒、已经晕过去的妻子弄上床，逃离一帮追赶他的警察，被绳索缠牢在拳击场里，想要把他那喝醉了酒、已经晕过去的妻子弄上床，被块头大很多的各式人等欺负，爱一头褐色的大母牛、同时也被母牛爱，想要把他那喝醉了酒、已经晕过去的妻子弄上床。我们看到巴斯特·基顿倒下、倒下，再倒下。我们看到他那喝醉了酒、已经晕过去的妻子压垮了床，于是我们笑个不停，笑得人都要窒息了，紧紧地抓着对方，像两个溺水者绝望地挣扎着要救对方。

我朋友练了多年瑜伽——她甚至兼职当过瑜伽教练。城里有两家瑜伽馆，开设两种不同的瑜伽班，但她对它们一个也不感兴趣。和很多人一样，她练瑜伽主要是为了使

---

1 Buster Keaton（1895—1966），美国默片时代喜剧演员、导演，奥斯卡终身成就奖获得者，以“冷面笑匠”著称。

她自己保持身体健康。与开悟毫不相干。她说，不管人们会声称什么，她自己从未见过她所知道的练瑜伽的哪个人有任何精神上的成长，或者任何道德品格的提升——她所知道的练瑜伽的人可是多了去了。她说，她从未看见过任何人你能说他们通过练瑜伽就变成了更好的人，除非成为一个更好的人是指自我感觉更好；她说，要说有什么的话，她倒是看到人变得越来越自我中心，她在接受心理治疗的一些人身上也看到了这种情况。不管怎么说，她不再需要关心健康不健康了。她确诊后，喜欢做的唯一一项锻炼就是走路。这取决于她感觉如何，感觉好的话，我们会环城走，或者穿过自然保护区，尽管有几天，她不得不走得非常慢，还有几天，她沿途不得不停下来，坐下来歇一会儿。我们一般一起出去，当然，有时候，我早上起来时，她已经自个儿出去了。她常常很早就起床，天还没亮；我有时觉得她通宵都不睡，尽管她一口咬定她事实上睡得非常香。不是怕失去知觉，不是怕黑，尽管这种情况在面临死亡的人当中非常普遍。她认为，是因为她不怕；是因为她做好走的准备了。她发现，与音乐的愉悦不同，鸟鸣声带给她的愉悦并没有减弱。这也是一大早把她吸引到自然保护区的原因之一。她说，如果真有天堂，那里也会有鸟鸣。

我对瑜伽也不感兴趣，不过，我搜索到了最近的一家健身房，和那家书店在同一家大型购物中心，是一家体育俱乐部；在那里，我被告知，只要我跟着他们的私教一起练，我就可以花钱健身不用办会员卡。如果我每次都是同样的时间过来，我就可以跟同一个教练练。但我一直很偏爱独自一人。我不喜欢有个人站边上看着我、计着数，那样的话，我锻炼中就不能安安静静地思考自己的事情，而且，我发现在我常去的健身房工作的私教常常看上去很乏味。

这个教练尽管是个文身肌肉男，却长着一张唱诗班少年的脸，也有着唱诗班少年的纯高音。

当他喊我“年轻女士”时，我们一开始就不愉快了。即使知道了我的名字，他有时还是喊我年轻女士。但是，他身上有一种我喜欢的认真，他看上去从来都不嫌烦。他问了一些我个人的问题，我回答得既简洁又含糊其词，他注意到这一点之后，就不再试图引我说话，我们分几次练，每次30分钟，其间没有交谈。

你有没有做过立卧撑?

做过。

认为你30秒能做十次？

我以前可以的。

啊，厉害了！年轻女士，你非常强壮。

我也喘得很厉害。喘气的时候，我想起我朋友说过，她害怕这么好的身材只会让她临死前的挣扎更痛苦。像长矛一样坠落。没有希望，死到临头，灵魂只想解脱，而拥有自己灵魂的肉身却拼命挣扎着求生，越来越弱的心脏每跳动一次，都气喘吁吁地说别停、别停、别停。

太可怕。太残忍。太荒诞。

出什么事了吗？教练问道。

我摇摇头，可马上脱口而出：我一个朋友就要死了。

他说，好难过啊。我能做点什么吗？就像人们经常条件反射地这样问，没人真想听，听了也没任何安慰。我们的语言已经空洞，变得粗俗、干巴巴的，让我们在情感面前总是哑口无言或笨嘴拙舌，但这不是他的错。记得一个中学老师曾经要求我们读亨利·詹姆斯写给他的悲痛欲绝的朋友格蕾丝·诺顿的那封著名的信，自从信发表后，它就被视为表达同情和理解的典范。连他开头也是这么说的：“我几乎不知道该说什么。”

我的教练说，我们坐下来吧。我们坐下了，我们一起坐在地板上厚厚的体操垫子上。

他说，我希望我能给你一个拥抱。但是我们现在不再允许触碰客户。经理怕惹上官司之类的事情。这是个问题，因为很难仅仅用语言来纠正、解释像同心性这种东西。轻轻的触碰太重要了。

此时我的脸埋在毛巾里。我的肩膀在抖动。

他说，这样的话，你就只能想象了。想象我的双臂现在环绕着你，给你一个大大的、温暖的拥抱。他的声音嘶哑了。他说，抱歉。从小时候开始，就看不得别人哭，别人哭我就不能不哭。

我心里默默地说，那是因为你现在还是个孩子。

我们镇定下来后，他说，你来锻炼真好。运动是消除压力的最好的药。请记住我一直都会在这里等你。

但那天后，我就没有再去那儿。事实上，要过很长一段时间我才让自己重新开始锻炼。

他说，我们说再见的时候，我为你在经历的事情感到难过。答应我你不会忘记照顾好自己。

我闭上眼，这样他就看不到我翻眼睛。

听到他尖声叫我名字的时候，我正在停车场。

对不起，他慢慢地朝我跑过来的时候说。我就是不能让你这么就走了。接着，很快地看了一下周围，确定没人在看我们，他给了我一个大大的、温暖的拥抱。

回住处的路上，我想象着跟我朋友讲这个事情，但后来突然意识到不能讲。

我不知道是谁——可能是亨利·詹姆斯，也可能不是他——说过，世界上有两种人：一种是看到别人受罪就会想，这种事情也会发生在我身上；另一种人则认为，这种事情绝对不会发生在我身上。第一种人帮助我们挺过去，第二种人把生活变成地狱。

第三章

我告诉我朋友，我去健身房。很快就回来。

实际上，我是去见我前男友。我们约好，等他上午在研讨会上的发言结束后，就在城里一个水边餐馆吃个早午餐。

当我问他情况如何的时候，他耸耸肩。

“他们对我不接受提问感到不快。有人说那样会被视为懦夫行为。我曾经在乎过这种事情。”

“不再在乎？”

“再也不在乎了。”

“你不再在乎人们怎么看待你了。”

“我当然在乎。但是，和大多数人一样，我花了太多的时间去在意旁人对我的看法。我的形象。我的声誉。我现在不能肯定它们是否真的重要，抑或至少不像我以前认为的那么重要。倒不是说我说不出自己浪费了半辈子时间思考的比这蠢得多的一件件事情。这些天，我一直无法摆脱人们关注的那种事情，尽管显而易见却不愿多谈。我看《纽约时报》主页就得到了极大的乐趣，从吓人的标题往下滚屏，一直到它们的‘更好的生活’专题，或者不管叫它什么：如何拥有更优美的姿态；如何打扫卫生间；如何打包一份学校午餐。”

“更聪明的生活。”我生活中有过这样的时候，专注于打扫卫生间之类的事情有助于我保持头脑清醒；也有过这样的时候，一切似乎都取决于我能不能做好那些最微不足道的家务；还有过这样的时候，不上班，找个安静的地方，吃我那天早上打包带上的三明治和一块水果。片刻的安静。克制焦虑和沮丧情绪。于是，我能做到。我又能多活一天。

“我承认，我自己对一些事情的兴趣多年以来已经越来越减弱，”我的前男友说，“我不看小说已经……哦，我都说不出来有多久了。事实上，我现在看的书都只是为了工作。在累得精疲力竭干不了别的事情的时候，我就看一会儿电视。但是，我再也不去电影院。不去博物馆，不听音乐会。不用说，没有假期。不旅行，除非工作需要。”

几十年来，他在世界各地演讲的内容都是关于艺术和文化。他怎么可能就兴趣全无了呢？

“如果今天世界上每个诗人都坐下来，写一首关于气候变化的诗，它也救不了一棵树的。不管怎么说，艺术——伟大的艺术对我来说似乎已经是一件过去的事情了。”

“荒唐。现在起作用的专业艺术家比以往任何时候都多。”

“当然。但某种艺术天才似乎再也不会出现了。我们处于一个伟大的科技时代，天才比比皆是，但是最后一位能和，比如说，莫扎特或莎士比亚媲美的有创造性的艺术家，是乔治·巴兰钦，他生于1904年。无论如何，我当然不像我以前那样相信艺术具有救苦救难的力量。我是说，谁还能相信呢？你想想我们都到了什么地步了。”

“对性呢？”

“什么？”

“说回你刚才说的以前对你重要的事情，你现在对它们都缺乏兴趣。”

“哦，这个，也一样，”他说，“一种解脱，坦白讲。许多男人一生大部分时间都在到处拈花惹草，感觉像狗一样。回头看看，如果实话实说，我觉得，总体看来，我的性生活更多的是丢人的，而不是令我满意的。当初如果有一种药能杀灭我的性欲，我会吃的，至少在我更为狂野的那些年。那样就会让我变成一个更好的人。不管怎么说，我已经真的变得有点偏执狂了。这些天，我只写、只讲一件事。即使这样做真的让我感觉像卡珊德拉[1]，即使人们恨我恨到对我进行死亡威胁。感谢上帝，我现在是单身，一个人过。但你知道吗，不只是陌生人。很多朋友也不再和我来往了。我自己的儿子几乎就不跟我讲话，因为得知他妻子要生第三胎，我毫不掩饰自己有多惊恐。一点都不希望我靠近她，说是我会把她吓到流产的。”

“这么说，你已经有两个孙辈啦？我都不知道。”

“两个男孩，一个五岁，一个三岁。”

别人是怎么熬过来的。年复一年，你们共同生活，住

1 Cassandra，希腊神话中的凶事预言家。

在同一个屋檐下，同床共枕，制定着同样的（或者你们如此坚信不疑是）未来计划。你们朝夕相处，很少不征求对方的意见就采取行动，达到了很难区分哪个意见是谁的程度——

“你有照片吗？”

——然后，令人难以置信的是，在同样的一生中（毕竟，人生苦短），某个日子来临了，这一天，你甚至连对方生命中最重要的细节都一无所知了。

“当然有。但我知道你其实并不真想看照片，你只是客套一下。”

那次在地铁上，纳闷那个男人究竟为什么在对我笑，直到他俯过身来，说了他的名字。十多年前，刚走出校门，我们在一起安了家。不知怎么回事，这个我生命中的挚爱（结果现在已结了婚，还刚做了父亲），我居然没认出他来，他也在一趟开往市郊住宅区的快车上，就坐我对面。

“但那对你来说肯定是非常痛苦的，因为你对他们的未来很悲观。”

是他变化太大了，还是他在我心里已经死了，被深深地埋葬了。

“受不了。”

另一次，另一个前男友。从一家比萨饼店的窗子看到了他。他忙着看手机，没有注意到我站在那里往里面盯着看，思绪一下子回到了那些充满激情与悲伤的岁月。逝水年华，我就是这么来痛悼它们的。我盯着里面看，并不在乎我已经引起了几位食客的好奇，我想知道我为什么没有更多的感觉。我想知道，曾经一切之所在，现在怎么会变得如此空空如也。

在那部最浪漫的电影里，一个女孩思念她的外出打仗的男友，即使在她发现自己连他的脸长什么样都记不起来的时候，也是这样。她说，我愿意为他而死。我现在怎么还不死呢？

史上最悲伤的音乐片，有个评论家这么说。《瑟堡的雨伞》。

“你真的认为没希望了。”

多年后，乘火车去看一个在费城的朋友，从我前面两个座位之间的缝隙，我认出了他的手，（我只能看到的）右手拿着一本书。我该和他说话吗？不。我也没有换到另一节车厢去。就一直坐在他后排，心里纳闷：我为什么没有更多的感觉。当然，清楚地记得我有过的感觉。有爱。有恨。做出的许诺：绝对不再。绝对不再允许我的生活和另一个人的生活搅和在一起——

他说："你已经听到我的想法了。看些科学作品，看看这个世界对此在做些什么。还有没有更简单的做法？就这样把碳排放到空气中，早晚——越来越有迹象表明会早，而不是晚——我们要完蛋。毫无疑问，如果说事实上还有一线希望，那么，它就依赖于自由民主的幸存。没有什么能比极右势力的上升更快地加速一个适合人类居住的星球的终结。看吧，他们就在这里，两个幽灵肩并肩地冲过来。"

我说："但是你知道，你关于人们不生小孩的想法。照此推理，接下来难道不是让人们开始自杀吗？我的意思是，因为我们所做的一切，真的，都是在为这个问题的加剧推波助澜。我们每次开灯，或者开车，或者在这个节点上做大多数事情，都是在消耗资源，我们在污染地球，在摧毁其他物种，给我们的子孙带来厄运。如果我们有足够多的人通过自我了结来做出牺牲——这岂不是帮了大忙吗？"

"不会发生这种事情，显然不会。"

"只要再多一些不要小孩的人。"

"不过会走到那一步的。"

"哪一步?"

"人们自杀以逃避炎热和缺乏食物、净水。很多人会在此之前那样做的。"

"你会那样做吗?"

"我认为我不在里面。我想大多数人都不在里面，即使他们自以为在。无论如何，除非是发动核战争，否则，我们这一代人——也许本来可以阻止这场灾难的这一代人——会免遭最坏的命运。"

"我刚看过一篇书评，这本书写的是某个实验室工作人员故意释放了一种大流感病毒，他希望杀死足够多的人来拯救环境。"

"哦，是吗?这样如何帮助解决环境问题?"

"书评人没有说。你知道，不想剧透。"

"有个蠢货搞笑说我是在剧透。'哦，射吧，'他发推特，'现在我们知道地球上的生命是如何结束的了。'我认为这被看成诙谐。"

"只是挖苦，我想。"

“我是在实话实说。为什么这么多反应对我充满敌意?”

我说:“是因为你的态度，你给人的印象是脾气暴躁、傲慢自大——甚至是恃强凌弱。你不能就那样上去，告诉大家说没希望了。”

“你是指我不该说出真相?因为你不能真的相信，人们会他妈的在我们到了无法回头的地步前，团结起来，在留给我们的十几年的时间里扭转局面。”

“我不知道，但你讲这个可怕的真相的方式，似乎让你乐在其中，似乎它给你某种令人生畏的满足。换句话说，你的厌世情绪从中显露出来了。”

他放声大笑。“你是指我的心理防御机制。你无法真的相信，我乐在其中地想象我的孙辈以后将要遭受的苦难。可这是真的，我自己也的确感到很有敌意。抛开所有其他问题，谁会原谅这些美国人——我是指享受特权的、受过良好教育的美国人?他们选了一个否认气候变化的人担任世界上最有权力的职位;谁又能原谅那些石油大亨?本来早就可以采取一些措施来防止全球变暖，可他们却掩盖了他们自己就化石燃料与全球变暖之间关系的研究。在我看来，气候变化的影响之大，超过了世界上所有种族灭绝的暴行。我不知道你怎么想，反正我对人类是彻底丧失了信心，根本不相信他们会干什么好事。”

“但你一定还是抱有些许希望的，否则你不会一直在大声疾呼。”

“我知道，这是个矛盾。我猜想，在我的孙辈长大后问我你当时在哪里、你又做了些什么的时候，我至少希望自己能够直视他们。即使我知道再也没有希望及时地让愚蠢的人类觉醒了，但为什么他们不该听到真相呢？为什么他们不能至少想一想，哪怕只是在看一篇文章，或者听一场讲座的时间里，想一想他们本来能阻止但未阻止的他们自己那些可怕的、愚蠢和邪恶的行径。实际上，我现在每次看到一个新生儿，我的心就往下一沉。我觉得很生气，但也一直觉得很内疚。我在做我现在做的事情，是因为我以前没做更多的事情。我的生命浪费在那些当时似乎非常重要，最后却发现全是微不足道的事情上了。”

“你说你不能——或者不愿意——原谅别人，可你却要为自己寻求原谅。”

“是的。从他们那里，我希望我的孙辈们原谅我。”

这时，一个妇女背着帆布做的双胞胎婴儿背带——怀里一个婴儿，背上是另一个——走进了餐馆；好在我的前男友背对着门坐着，没看到这一幕。

他说：“说了这么多，我还是得说这个羊角面包很好吃。”

你最喜欢吃的东西之一，我心里说。

而且你总是点巧克力味的，他回了一句，好像知道我心里说的话一样。

到这个时候，我们才谈起我的朋友。

他说：“我知道她从来都不喜欢我，无论什么时候我们在同一个房间，我都能感觉到这一点。但我尊重她。她曾经是个好记者。很抱歉用过去时。”

“她不会介意的。”我说，确信真是如此。

他说：“我从未怀疑她在做正确的事情，我要是处在她的位置上，也会希望自己内心足够强大能这样做。你也在做正确的事情——我认为，也是件真正勇敢的事情，”他补了一句，“但是，我无法想象你必须在经历的东西。”

我该怎么描述呢？

我跟他讲了我的朋友如何把药落下，然后我们又是如何不得不一路开车回去。

他说：“我不该笑。”

我又对他说了一遍："她不会介意的。"

我说："已经有过很多次这样的闹剧时刻了，她忘了带上药，还有几天前发生的事情。我告诉过你，她的计划是不让我知道她确切什么时候服药。她说，某一天，你一觉醒来发现事情已经办好。你会知道的，因为我房间的门会关上。她睡觉总是把门半掩着，这个习惯是她有猫的时候养成的，她说，睡在一个门关着的房间里，会让她感觉幽闭恐惧。所以，那天早上我起得比平时早——天还没亮——看到她的门关着。我该怎么办？我慌了。我担心自己要晕过去了。我跑到厨房，在水池里吐了。然后，我倒了一杯水，但我的嘴颤抖得太厉害了，喝不了水。我坐在餐桌旁，一下子就崩溃了。我一次次努力，要控制住自己，但我做不到。我最终还是把水喝了。我现在不能肯定过了多长时间，不可能很久，不过天开始亮了。突然之间，我听到有声响，接着，看到她慢悠悠地走进厨房。原来，她开了窗——这很罕见，因为不管外面多么闷热、潮湿，她总觉得冷，尤其是夜里——而那天夜里某个时候，风他妈的把门给吹上了。"

他又说道："我知道我不该笑，不过，听上去的确有点像情景喜剧。露西和埃塞尔实施安乐死。”[1]

我说：“哦，你相信我，我们自己忍不住也笑了，实际上，没有人会相信自从我们住进去，那房子里面能有那么多的笑声。但那是后来的事。当时，我根本不觉得好笑。当时，我简直气得发抖。我想要砸碎房子里所有的东西，不过，我最后只是把一只水杯摔到墙上而已。”

“那她是什么反应？”

“完全冷静。她只说了一句：‘你真的认为我还活着你就生我的气是公平的吗？’当然，你能够想象我当时的感觉。但就像我说的那样，我们后来真的笑这件事。她居然还能幽默得起来，真是不可思议。她甚至看到了一线希望。她说，把它看成一次预演吧。既然知道接下来会是什么情况，你也就有准备了。”

尽管我想过多次，但是，她弥留之际，这还不是我能让自己大声说出来的话。

我说：“我认识她这么多年了，我可以告诉你没人会认为这个女人容易相处，我曾担心和她待在一起会怎么样。

---

1 露西和埃塞尔是20世纪50年代风靡美国的情景喜剧《我爱露西》（*I Love Lucy*）中的两个人物。

结果啊，我们相处得非常好，就好像一直是住在一起的一样。怎么啦?”

“没什么。”

“你脸上的表情——”

“你只是把我带回了过去，就这样。很久以前的事情了，但可能你不记得了，你曾经也这样对我说过。”

“我不记得了。”我说。然而，我记得。

他说:“就在我们开始住在一起的时候，那个单间公寓房。一个星期左右以后，你说好像我们一直住在一起似的。对不起，我并不是存心要转移话题。还需要很久吗，你觉得?”

“不要。很快了。哪天都会。”

“你怎么就这么肯定?”

“我就是能断定。”那么，问题又来了，怎么解释我的判断? “我已经不可思议地对她了如指掌。我刚要问她要不要喝点什么，就在这个时候她就会说，你能不能帮我倒点橙汁? 我手伸过去拿遥控，就在这一刻，她说，我们能换个台吗?”

这种情况一直都在发生。每天，屋子里的气氛都有点不同，以一种难以名状的方式变得更加紧张，不过我已经知道如何意会。现在哪天都有可能。这个我无法言传，却能断定。

他说："我知道这个我们讨论过的，但是，你的确需要记住采取一些预防措施。她必须留封遗书下来。"（事实上，那遗书已经写好，就放在她床头柜抽屉里，只缺个日期。是她的周密安排的一部分。）"也不应该有任何证据表明你参与了这个计划，或者表明你以任何方式协助了这个计划。对了，现在除了我们仨，没别的人知道吧？一定要确保就这样。她是对的，也许你有过一次'预演'是好事。你们俩必须统一口径。警察来的时候，别把你知道的一切都说出来。他们会非常仔细地检查房子的。他们会问你问题。严格按事先准备好的说。还有，你应该先报警，再给我打电话。"

我说："我还得给她女儿打电话，我应该先给她打然后再给你打。"

"对。但是你说话要小心。"

"简直是疯了，"我的眼睛和喉咙感到一阵刺痛，"看在上帝的分上，我不明白为什么我们得经历这一切，好像我们是罪犯一样。为什么濒临死亡的人不该有权结束自己的生命?”

“他们会有权的——不过，一旦有数量众多的高龄人和身患绝症的人，威胁到我们现在摇摇欲坠的医疗保健系统，会令该系统彻底崩溃。医生会给你开一张处方，既便宜又很容易就能按处方配到药，而且完全合法。不用再去暗网购买了。”

“你真觉得以后会有这样的事情吗?”

“在我看来，这是唯一切实可行的解决方法——也是唯一富有同情心的解决方法。”

除了一点：大多数人不会选择它。这是我们俩心照不宣的想法。

我们知道，相信人类生儿育女在伦理上是错误的，这并不是什么新理念。事实上，这是古老的观念。根据人口控制论哲学，生活是受苦受难，生孕育着死，把一个在这件事上没有发言权的人带到这个世界，这在道德上是不合理的。人口控制论者说，生活可能也会给个人带来很多快乐，但这改变不了什么。人如果不出生，不会错过什么人生的快乐。出生后，他或她就别无选择，只能忍受身体和情感上诸多的痛苦，比如来自衰老、疾病或临终时的痛苦。有可能拥有一个更幸福的未来——此时痛苦将大大减少，但这种可能性并不成为今天存在痛苦的理由。况且，当代一名最重要的人口控制论者认为，一个更幸福的未来只是个幻想。该论者说，主要的问题过去是、现在是、将来仍然是人性。没错，一切本来都可能不同，但那要求我们是一个不同的物种。人类不吸取教训。他说，他们同样的可怕的错误一犯再犯。“我们被要求接受不能接受的东西。人，以及其他生物，不得不经历他们经历的东西，而他们对此几乎无能为力，这是不能接受的。”

当人口控制论者被问到他自己是否有子女的时候，他不愿意说。

第四章

后来，我发现自己在坦白真相，说我那天上午没去健身房，而是去见了我的前男友，而且尽管我答应过她保守秘密，但还是把什么都告诉了他。

她说，如果是一个星期前，她可能还会为此烦恼。她没有问我为什么改变了主意。

时间。我们都敏锐地意识到，与我们踏进这栋房子的门槛之前相比，时间已经成了一个完全不同的元素。

我们之前一次散步途中，她说，真奇怪，有时候感觉我们好像在这里已经好多年了。

我知道她的意思。这才过了一个星期，我们的关系就发生了极大的改变，已然令我们的青年时代的友谊黯然失色。正是有了这一新的亲密关系，秘密和谎言便变得无法容忍。

她说，我从来都不喜欢他。但是，如果他果真像他听上去的那么受折磨，那我为他感到难过。希望自己的孙辈们从来都没有来到这个世界上，这要有多么悲观啊。不过说实话，我很高兴我自己没有孙辈需要担心。

也许，这个反乌托邦的未来还会带来另一种情况：人们会起诉自己的父母把他们生下来。把他们的父母被灌输的大量的科学研究和警示作为证据。你们这帮混蛋认为末日警钟是什么意思?

有时候，我没问，我一个字都没说，我朋友就会回答我心里在想的问题。她会把目光从窗外收回来，她一直在看窗外喂食杆上的鸟儿，我们每天在上面放两次鸟食；或者，她会从她一直试图在看——一般都看不下去——的书上抬起头来，然后，开口说话。

她说，我怀念童年时代。我小时候很快乐，对此我心存感激，因为我认识的很多人成长过程中都经历过艰难时刻。但是，我现在仿佛看见自己从公共汽车站走回家，甩着我那棕色的、皮革的小书包——这是我最喜欢的东西之一。我多么希望我还留着它啊，我多么希望现在我能摸摸它啊——唱着那个星期我们学的一首歌。我爱上音乐课！音乐老师会放唱片，我们听，然后她就教我们唱，我们会放声高歌，有天赋的和五音不全的，全都一起唱得很欢快。要是你注意过，你会发现这样的合唱会产生一种特殊的声音，不同声音的混合，在很多人耳里，听上去肯定不舒服，但是，在我整个一生中，听到孩子们唱歌的声音，尤其是唱得不好的时候，我浑身都会起鸡皮疙瘩。她说，他们唱得很好的时候，在他们认真表演的时候，唱某一首他们彩排过的歌曲，他们听上去就像是天使，但在我听来，他们的声音并不是那么自由、那么快乐，他们没有那么开心。

她继续说，那个心爱的书包啊，还有里面放的宝贝：美德牌黑白作文本，用糖果色标签按不同科目分开的活页夹，钢笔和铅笔，卷笔刀，橡皮，尺、量角器和圆规——所有这一切都让我感觉很重要。她说，总的说来，学校让我感觉有人爱我。我现在都能很清楚地记得那种感觉，即使当时我无法用语言表达出来。有人要教我东西，他们关心我的书法，我的简笔画，我写的诗歌中的韵律。那就是爱。她说，那绝对是爱。教学是爱。而在某种程度上，对我来说，那种爱比我父母的爱更有意义，因为我父母对任何一丁点好的事情都会很夸张，她说，我母亲和我父亲，他们都不挑剔，对什么事情，对我做出的每次努力，都是一股脑地表扬；如果我做得不好，他们就责怪考试或者作业太难了。她说，他们不像我的老师们，他们在努力与成绩之间不加区分，但我没有上当，我知道不能信他们的话，所以，老师们的意见才是真正重要的。无论如何，我父母不是那种想要全程参与孩子教育的家长。在他们看来，那是学校的事情。我知道很多小孩很早就在家里开始看书识字了。但对我来说，这一重大事件——我人生中最重要的阶段——要等到我上学才发生。

她说，我能够说出我在小学里的每个老师的名字，从幼儿园开始：吉林斯小姐、马修斯夫人、洛佩斯小姐、班克斯小姐、戈登塞尔先生、赫尔希夫人、科克先生。我爱他们所有人。我爱我小时候所有的老师。即使是我后来才慢慢明白有些老师并不像我以为的那么好——事实上，他们的工作做得很糟糕。她说，我现在想起他们，内心仍然满是温馨。

（我这时想起我和从我曾经任教过的一所大学刚毕业几年的一个人的谈话。问到他在那里和谁是同学的时候，他一个人的名字都想不起来了。）

我的朋友说，我记得我那时并不特别。我记得我的大多数同学都喜欢上学。但我也记得糟糕的时刻，孩子们心烦意乱啦、孩子们痛苦不堪啦。我记得有个女生令我困惑。温妮。"笨蛋温妮"，大家都不喜欢她，连老师也毫不掩饰对她的厌恶，但是，我一直搞不清楚她什么地方不好。不过，她母亲的确给她穿得很滑稽可笑，一副维多利亚时代小说插图中孤儿的模样，深色、纯色、没有型的衣服长及膝盖下面——我现在想这些衣服肯定是自己家里做的，都是按同样模板打样剪裁——还有笨重过时、看上去像用来矫形的牛皮鞋。但是，她从来都不打扰任何人，她一个人待着，耷拉着脑袋坐在座位上，显然是不想让人看到她。但时不时地，我们也讲不清楚什么原因，课上到一半，老师在讲什么或者在黑板上写什么的时候，一种可怕的声音，动物般的吼叫声，就会响起，我们转过头就会看到她坐在那里，头往后仰着，嘴巴张得老大，双手握紧拳头，又松开拳头，泣不成声。惨不忍睹的场面，但不得不说同时又那么怪异、那么滑稽，一些孩子会笑起来。

我朋友说，我当时感到震惊，但也迷惑不解。我小时候受到了很好的保护——我哪里知道什么是痛苦？我现在还记得当时为她感到很难过。事实上，我一直认为这是我第一次真正体验到怜悯之情。我记得这种感觉很奇怪，似乎既是坏感觉，同时又是好感觉——怎么回事呢？不只是为某个人感到难过——这是我以前经常感觉到的。这次是某种更大的事情，需要采取某种行动。

一次高尚的表现机会！我可高兴坏了。我要和这个可怜的、不幸的小弃儿交朋友。我自视甚高，相信我的关注会带给她殊荣和祝福，这足以改变她的生活。哦，我到现在还记得，感觉到这些侠义冲动时，我别提有多兴奋了。

然而，温妮不仅没有接受——更别提回报——我的友好姿态，反而对我充满敌意。有一天，我上卫生间的时候，她把手伸进了我的书包。虽然我知道温妮所做的事情——我回到班上的时候，她控制不住地朝我得意地傻笑——当老师让我们拿出笔记本时，我没有指责她偷了我的本子，而是让自己因为“丢了”笔记本而受到了惩罚。说来奇怪，就在这次事情后，温妮最终还是决定我们做朋友。谈到惩罚！我们班对她真是太好了：她真是个累赘，我见到的第一个慢性抑郁症患者，她肯定一直就是，身体内没有一根活泼的骨头，心里没有一首歌，脑子里没有任何梦想。笨蛋温妮！和她待在一起，就像被困在一个黑暗的、发霉的地窖里。那个学年剩下的时间里，她一直黏着我，不幸的是，就像烂泥一样，这让全班其他同学都不想和她有任何关系。我要么选她，要么选我其他的朋友，但这并不像选择其他朋友那么简单。我就是无法做需要做的事来摆脱她——尤其是当初主动和她交朋友的人是我。我感到非常羞愧，接下来新学年开学，我和她分在了不同班级，我真是如释重负。

我朋友说，你回到当年。你的思绪把你带回到当年。有把钥匙，或者你认为有把钥匙。你脑袋里有只手伸出去——哦，不过，你听我这样一直讲个不停，一定听腻了。

没有，继续讲。我在听着呢。我想知道。继续讲。

她说，我怀念童年时代。我上三年级的时候，一个男生爱上了我。他甚至向我求婚了。我说的是真的！有一天课间休息时，他单膝跪地说：你愿意嫁给我吗？而我说，戒指呢！应该有戒指啊。其他孩子围了过来，他们所有人都开始嘲笑他。有一星期左右的时间，他到处转悠，看上去很生气，不跟我说话，不跟任何人说话。后来有一天，他又来了，单膝跪地——拿出一枚戒指。一枚漂亮的戒指！最漂亮、耀眼的东西，但我戴太大了。我本来打算把它穿在一根项链上戴在脖子上，结果发现原来他是偷来的——是他大姐的订婚戒指！谢天谢地，我没有把它弄丢。

我朋友说，有某种幸福只有幼龄儿童才有享受的份儿。我的意思是，作为孩子，有可能注意力百分之百地集中在一件事情上。你过生日。你要一辆自行车，或者一只小狗，或者一双新溜冰鞋。随着那天的临近，它就是你能想的全部。然后，礼物收到，你的愿望实现了，你的梦想成真，千万别出什么状况搞砸。得到了这个礼物，你就好像得到了一切。但过了一定的年龄，那种感觉——那种纯粹的狂喜——没有了，不可能有了，因为你再也不会只想要一件东西，你一旦进入青春期，就再也不可能了。

（听到这里，我想起一个朋友的小女儿，她最大的心愿是有个芭比娃娃。有一段时间，她母亲很抵制，因为她不赞成这种性别化的玩具娃娃。后来有一年圣诞节，她让步了。当她从盒子里拎出芭比娃娃时，六岁大的女儿欣喜若狂，激动万分地高喊：芭比！我爱你！我一直都爱你！）

我的朋友说，对我来讲，开学第一天是一年中最幸福的日子。我记得我前一天晚上兴奋得睡不着觉。我们每个星期天都去教堂，但对我来讲，学校才是真正神圣的地方，充满希望、感恩和快乐的地方。一周一次对上帝的敬奉完全是抽象的，但是热爱学习——那是真实的。

她说，但我想知道，我女儿的情况为什么就不能一样呢？我为什么就不能给她一个更像我那样的童年时代呢？还有我的父母，他们在她的成长过程中发挥了那么大的作用，尤其是我母亲，可我们俩为什么成长得这么不同啊？我记得我小时候宽容，我公正。我喜欢所有人，我从来都不吝啬，我和其他人玩得都很好，我懂得分享，我懂得倾听。那我为什么越大越变得这么没有耐心呢？多少次有人说我不能耐心地对待蠢人。他们说得对，我没有耐心，听到人家这么说我，我总是很自豪。但是，当我想到我的父母总是毫不挑剔，他们宽容、溺爱我，而我作为一个成年人，作为母亲，为什么就不能也像他们那样呢？虽然我喜欢上学，对老师们有很美好的记忆，但我自己讨厌教书，我尽可能地避开教书，而不管什么时候我真的教书了，我和我以前的老师截然不同，我自己不是个好老师，对学生没有耐心——就像以前对我的大学同学和研究生同学没有耐心一样，就像我对我的大多数同事从来没有耐心一样。冷冰冰。令人生畏。居高临下。恃强凌弱。来自地狱的教授。泼妇。这些都是我的学生在课程评估中写下的对我的评语。我不是去在乎，而是不再去看它们。但现在，当我回首往事，当我想起我的老师，当我想起所有那些幸福和爱，我不禁感到纳闷，我自己在整个成年的生涯中，为什么要对当老师表示不屑呢？

她说，我嗓子都要讲哑了。（她滔滔不绝，连续讲了几个小时。）你肯定是听烦了。

我摇摇头。事实上，我注意力集中。真的，我集中注意力听她说每一个字，所以，感觉我这样似乎都有点不得体了。

有一次她这样开始说，我认为我从来都没有告诉过你这个故事。没有，她没有告诉过我，但不管怎么说，我知道，至少谣传的那个版本我是知道的。说她女儿十来岁的时候，就在她和一个男人之间插上一脚。

我朋友说，你还能想象什么更卑鄙的事情吗？你女儿百般勾引你的男友。而且就在你的眼皮子底下。他还感到格外荣幸，这个傻瓜。我只好在不堪的事情发生之前，就把他从我们的生活中赶出去。我甚至威胁他要报警。而他一旦离开，她就把他忘得一干二净。当然，似乎她并不真正在意。她可不是什么无助的无知少女。她唯一的目的就是要伤害我。她想要昭告天下，知道的人越多越称她的心，这样就搞得我不得不蒙受世上最大的羞辱。

我朋友说，那时她才明白自己的孩子有多恨她。

她一直没能从这件事中走出来。她描述说，这是她人生中绝对不可能洗刷干净的一个污点。她说，任何时刻都会在不经意之间冒出来的一种悲伤，而似乎的确会在特别高兴的或者特别平静的时刻出现——要来毁掉她的高兴和平静。

完美的日子我正过得好好的，忙着我自己的事情，可就在这个时候，突然之间，毫无缘由地，对它的记忆整个回来了，我就会被迫重新经历一次。我认识到我可以埋头工作度过这段时间，但是，有时候，这足以让我心情抑郁好几天。

但是，难道她们就没有设法就此谈一谈吗？我问。我是说她女儿长大一些后。

她说，她们谈过的。不过，毫无效果。

她女儿对这件事情有着完全不同的记忆。她认为她几乎不用感到内疚。毕竟，她还只是个孩子。是那个男人的错，她说。他是个讨厌鬼，但她母亲太迷恋他了，没有看出这一点。她只能谴责她自己，她一开始就不应该把这种家伙带进她们的生活。

很久以后，她会说她母亲当时是反应过度了。女儿说，假如这件事真有她母亲以为的那样大，那她肯定会心心念念，放不下啦。可事实上，就连她们到底在谈她母亲的哪一个男朋友，她都不记得了。后来，她还是一口咬定全是她母亲记错了。不管这个家伙是谁，在她和他之间，根本就没有发生过任何事情。

我朋友说，你要原谅一切，你应该原谅一切。但是，你发现有些事情你无法原谅，即使你知道自己快要死了，你也无法原谅。她说，于是，这成为它自身撕开的伤口：无力原谅。

第五章

她说，你有没有注意到，她的脸变了。

她是在说客厅里的那幅肖像画。我们早已习以为常。它不再碍眼，反而成了给人以一种神秘的安慰的存在。我们一致认为，她似乎在守护着我们。

我朋友说，像个精灵。

像家庭守护神。

我朋友坚持认为，她脸上的表情变了。她看起来伤心一些了。

我说，不，不完全是伤心一些。但也许是柔和一些了。我第一次见她时，感觉她看上去有些严厉。

之前，她不喜欢我们。现在，她接受我们了。

她更了解我们了。现在，她喜欢我们了。

我朋友说，看看她会得到一种抚慰。如果你一直盯着她的眼睛，你就会平静下来。

我说，给她罩上光环，她看上去就会像个圣像。

肖像画下面是一张窄窄的大理石面的桌子。有一天，我朋友在那里放了一支蜡烛，还有一个青灰色小花瓶，里面插着她采的野花。

我说，你制作了一个神龛，这让我想对着她祷告。

我们祷告吧。

我朋友说，我梦见自己睡着了，在梦里，我睁开眼睛，看到她站在床边，向我俯下身子。

不是梦。我也见过她。

她说，也许，你可以念一会儿书给我听听。我从来都不喜欢有声读物，可现在，我自己看不了书的时候，有人读给我听感觉还不错。

我问她要听我念什么，她指指茶几上摊开的那本平装书，那是我几天前放在那儿的。

她说，我爱看推理小说，我以前每星期看一两本。你不一定从头读起，概括一下到目前为止发生的事情就可以了。

在书的最后一部分，叙事从第三人称转换为第一人称。现在在讲述的是那个崭露头角的女演员，我们得知，之前我们读到的所有内容都是她从生活中取材的事件的虚构。这本书即将出版，署名用的是一个男性笔名。我们现在了解了自从她和那个连环杀手恋爱之后她经历的三十年的生活：这段生活经历使她受到了重创，让她几乎不能正常生活，就更别提继续追求她曾经前途无量的演艺生涯了。后来发现，这个故事里还有更多、更可怕的事情。

女演员被杀手抛弃后，她最要好的闺蜜发现她怀孕了。等她得知孩子的父亲是个精神变态的杀人犯时，考虑堕胎为时已晚。她悄悄地制订了一个计划，在孕期剩下的时间里隐瞒自己的状态，然后在家里秘密生产。她得到一个要好的男性朋友的帮助，随他一起隐居到乡下。她打算把新生儿遗弃在一个安全的地方，其父母的身份将永远不为人知，也无法查明。但是，事情出了差错，男婴出生两天后就夭折了。此时，青年男子对自己的共谋感到恐惧和后悔，所以，他就恳求故事的叙述者来到他们藏身的地方，试图说服他们的朋友去看医生，因为她现在已经重度抑郁，而且行为举止也极不理性。这样，叙述者就目击了这个婴儿的夭折。她告诉我们，到现在为止，她都不确定他是死于婴儿猝死综合征呢，还是死于其他自然原因，或者其实是被情绪不稳定的母亲给闷死的。但是，为了保护她的朋友和那个青年男子（延伸开来，包括她自己）免受可能的刑事调查——这一调查很可能导致谋杀指控，这个时候，她同意对婴儿的事情保持沉默；婴儿的尸体已经由男子独自去小树林里掩埋了。

在小说最后几页，我们看到，孩子的母亲接下来继续过着基本上正常的生活，而那个青年男子，因为无法承受负罪感和保密的压力而自杀了。叙述者即将和某个她描述为一生挚爱的人结婚。她把连环杀手的全部故事告诉了这个人，其余的事情则只字未提。大婚的日子临近了。她在考虑她能不能让心上人在不知道全部真相的情况下就和她结婚。她决定彻底坦白，尽管知道这样很可能会让她失去最后一次获得幸福的机会。

哈，我朋友说。一个转折。本以为会以一场婚礼圆满结束，不过，也设置了一个绝境。

据我中学英语老师说，有两类小说。一半可命名为《罪与罚》，一半则为《爱情故事》。但是你仔细想想，就会发现许多小说可能是兼而有之。

《罪与罚：爱情故事》。哈哈，这可是个好书名。总之，人们不是说好故事都是悬念故事吗？

每个故事都是一个爱情故事。

每个爱情故事都是一个鬼故事。

每个人某个时候都会爱上某个人。

打住！她尖叫起来。笑得我痛死啦。（她是指她的手术留下的几个伤疤痛。）

我的Kindle里有一些最近出版的长篇小说，但我朋友没有兴趣听这些小说。她不喜欢她所谓的当代小说作家身上那种肆意破坏倾向。她引用约翰·契弗关于生活的令人痴迷的恐怖与生活的愿景之间的区别的话。

她说，当今，似乎大多是令人痴迷的恐怖，要么是这种恐怖，要么是毫无说服力的陈腔滥调。

她说，所有这些书写的都是现代生活的可怕，其中许多很精彩，我知道，我知道，你不用告诉我。但是，我不想再看那些写自恋、疏远和两性关系的无谓的作品了。我不想再看关于人类，特别是男性的丑陋的书了。福克纳认为作家要做的事情就是鼓励人们，对他的这一观点，有什么响应的行为吗?

福克纳对他那个年代的青年作家斥责得有多厉害啊：他写作的时候，就像站在人类末日之中观望着末日的来临。

他写的不是心灵，而是腺体。福克纳说，作家这样写是出于恐惧。他和世界上每个人同样都感觉到的恐惧：对被炸飞的恐惧。福克纳说，然而，作家的职责是要克服这种恐惧。1950年在斯德哥尔摩的那一天，福克纳呼吁的是勇气。[1]然后回到传统的、普世的真理——爱，荣誉，怜悯，自豪，同情，牺牲。福克纳警告说，缺了这些，你的故事只会存活一天。

好词。真是好词。不过，给我的印象是，在今天所有看待作家的方式中，视他们为身穿闪亮盔甲的骑士，这很可能是最不靠谱的。

还有一次，我朋友对我说：如果你能够让自己相信一

1 威廉·福克纳1949年被授予诺贝尔文学奖，翌年在瑞典斯德哥尔摩市政厅发表了获奖演说。

切都是可怕的，未来一片荒凉，那么你就会认为离开生活会更容易一些。但是，一想到我将离开，世界也不会继续永远富饶，永远美丽，我就受不了。没有了这些，那就根本没有什么安慰了。

就像我现在告诉我朋友的那样，我以前看过的一部老片子中的一个场景一直都萦绕在我脑海中，挥之不去；这部片子是以勃朗特三姐妹为原型拍摄的。其中一个知道自己要死了，说因为她一直都害怕活着的状态，所以，她并不太介意自己离开。她说，但后来，有这么一天，在世界是如此美丽的时候（我记得，她是坐在户外某个地方，毫无疑问是在荒野的某个地方），她承认，她不反对再多活一会儿。

当时，我一直在换电视频道，那是我唯一看过的场景。时间已经隔了很久——我可能会记错。但是，我回想起来总是这样。而且这个场景我经常想起。

与此同时，我正扫视客厅的一个大书橱。我说，这本怎么样，边说边从底下一层抽出一本厚书：《世界最佳民间故事和童话》。

神与英雄，王子与农民，巨人与侏儒，巫婆，魔术师，还有动物、动物、动物。

从现在开始，我们来读这一本。她非常喜欢，听不够。现在我成了那个嗓子差点哑掉的人了。

很多人说推理小说就像童话故事——而且因为一些相同的原因而受欢迎。推理小说里没有食人魔，但有连环杀手。侦探们虽然不见得心灵纯洁——这里没有王子，没有高洁之士，也没有圣人——但他们仍然是英雄，即使并不总是高尚的复仇者，却也是正义的复仇者。一切都简单化了。人物：类型化。道德准则：清白。有罪或无罪：清清楚楚。有大量的残酷、暴力和血腥，但到了最后，邪恶受到惩罚，即使好人并不能从此过上幸福生活，作品总有个结局，而人们在现实生活中大多是碰不到这种结局的。

我朋友说，除了有一点不同：童话故事是美丽的。童话故事是崇高的，而推理小说不是。

还有个区别是：与推理小说不同，童话故事不逃避现实。即使童话故事过于简单化，而且遵从司空见惯的套路，但它们里面的真理却永远是深刻的。孩子们因此才喜欢童话故事。（还有谁比孩子们更清楚受到隐匿而专制力量的摆布会是什么感觉，更清楚任何事情都会发生，不管有多奇怪，也不论好坏。）童话故事是真实的。它们比推理小说更神秘。这就是为什么童话故事不同于推理小说，推理小说旨在娱乐大众，然后被人遗忘；童话故事是经典。它们写的是心灵，不是腺体。

我喜欢这样的事实：我们应该把童话故事归功于老太太们。人们想到要收集某个特定地区的童话故事的时候，他们首先要把这个地区老妪们讲的故事记下来。

我朋友想知道：你最喜欢的童话故事是什么？

我说，只要故事里有天鹅，我都喜欢。我记得，我第一次看《六只天鹅》时，我多想当那个小哥哥，他妹妹没有时间缝完他的那件魔法衬衫，所以，当他恢复人形的时候，仍然保留着一个翅膀。

你想成为那个畸形人。

我说，哦，我倒没这样想。可能只想做不同的那一个。那个保留了部分天鹅特征的人。这一点很吸引我。

我的朋友说，这里有某种让我感到疑惑的东西。有人说人们喜欢惊悚小说和恐怖小说，因为逃离日常生活、沉浸在一个可怕的暴力和犯罪的世界里，真是太有趣了。是吗？

是。

那为什么不喜欢充满臭名的滥交人物的“罗曼司”呢？

这个类比不合乎逻辑。

好吧，没关系。化疗脑！继续往下读吧。

我们一起在客厅的时候，已经习惯并排坐在沙发上，半躺着，腿伸直，脚搁在茶几上。她会依偎着我，有时候把头靠在我肩上。我读书给她听的时候，她不止一次地睡着。我就会停下来，不再念，一动不动，听着她的呼吸声，时而感到安慰，时而又感到难过。我会想起父亲住院时我在他的病床边陪夜，当时，他的呼吸已经非常困难，就好像房间里有一台出了故障的机器；又惊恐机器停下，就像这样，好像机器关掉了，紧接而来的是一片寂静，这种寂静比他的呼吸、比任何机器、比我有生以来听到的任何东西的声音都更响。

要不，我们就一起坐在屋后门廊上的双人座椅上，也是这个姿势，我们喜欢在那里看日落。有时候，我们手挽手，或者两手紧握。（触摸非常重要。）在这样的时刻，我感觉我给她安慰，同样程度上，她也给我安慰。她时不时地会抓紧我的手，什么也不说——也没必要说什么——但她好像是抓紧了我的心。

金色时光，神奇时光，蓝调时光。一个个傍晚，变化莫测的天空美轮美奂，我们俩都变得安静，仿佛置身于梦幻之中。斜阳洒在草坪上，映照在我们抬起的双脚上，接着往上移到我们的身体上，如同一种长长的、慢慢的祝福；我发现自己差点就要相信一切本该如此。看月亮。数星星。没有你的日子一直都在那儿：永远都在，没有尽头的世界（乔伊斯语）。永远富饶，永远美丽。一切都会好好的。

有一次，我在翻书，她从我的肩上抬起头来，吻了我。我一惊之下，笑了起来，然后也吻了她。她从来都不会放过一次开玩笑的机会，所以，她惟妙惟肖地模仿贝蒂·戴维斯扮演的宝贝简[1]的腔调说：你是说，我们一直都可以是情人咯？

她说，我一直太自私了，我从来都没有想过你。我想否则我不可能允许自己这样做的。但是因为我们现在到了这里，因为所有这一切都在发生（所有这一切：这不可阻

1　美国1962年的电影《兰闺惊变》（*What Ever Happened to Baby Jane?*）中的人物。

挡的、难以言表的事情），我感到内疚。

我说，但我想要在这里。就在我说这句话的时候，我意识到我说的绝对是真话。没有什么能把我带走。

她说，那不是她的意思。我是想说，把你留在我这里，我感到内疚。

会出现这种情况的。人们发现自己困在某种极端境况之中，一场危机，一种紧急情况，尤其是涉及死亡或死亡威胁的时候，甚至原本完全陌生的人也会变得非常亲近，在某些情况下发展成一种永久的联系时，就会出现这种情况。灾难或接近灾难的幸存者聚在一起哪怕只是很短的一段时间，在他们有过共同的经历后，每年都会安排聚会，这种聚会会持续多年。有这样一个故事：有两个人第一次见面就碰到他们搭乘的电梯卡在两层楼之间。好几个小时后，当他们获救时，他们已经同意跟对方结婚。从此过上了幸福的生活。呃，不是这样。大约一年后，他们解除了婚约，但我相信他们还会是朋友的。

我朋友说，我根本没有考虑过你。我根本就没有指望对你有感觉，为你担心。

我对她的感觉——我也没有指望过。

我们的情况有很多奇怪之处，其中之一和购买生活必需品有关。我朋友对食物的兴趣大减，根本不想去购物。超市里的各种气味有时候甚至让她恶心。里面的温度一直保持很低，她冷得受不了，而且，超市面积巨大——有见鬼的机场那么大，她说——她一进去就筋疲力尽。（我呢，每次进这种大商场，都恨不得脚上穿的是溜冰鞋。）所以，我一般都一个人去。但是，不谈好要待多久这个可怕的问题，就不可能搞清楚我们需要买多少食品。就这样，我来来回回在过道里走着，头昏目眩，慢慢吞吞，像个百岁老太太。

另外还有件丢人的事。几乎没有什么能抑制我的食欲；在这段时间里，无论出于什么原因（或许是出于一个明显的原因），我总是觉得饿。和我朋友吃的每顿饭都是这样结束的：她的盘子几乎没碰，我光盘。两顿饭之间我还要吃点零食。不用称，我就知道自己长胖了，为此我感到很羞愧。尽管我不会让自己对甜甜圈和冰淇淋这类东西狼吞虎咽，但是我多想吃啊，我真为自己感到羞愧。我贪婪的胃口对我来说似乎是对我临死的朋友的一种侮辱。尽管我吃的一顿顿饭都很有营养，但通常都消化不良，也就不足为奇了。

一天下午，我在超市的时候，我的朋友决定洗个热水澡，她即使是在大热天也常常感觉冷得难受。而且，这一天，她感觉比平时更加疲劳。她躺下，等浴缸里的水放满。

我跌跌撞撞地穿过房间，来到床前；她坐在床上，双膝抱在胸前，一脸的茫然，身体直哆嗦，像一个遭遇海难后漂浮在木筏上的人。

她说，我只是想闭上眼睛休息一会儿。牙齿还在打颤。

我爬上床，把湿漉漉的两只脚收拢在身子底下。两个漂浮的人。

她说，不应该这种样子的。我想要的只是平静。我想在平静中死去，可现在变成了一场噩梦。这场闹剧。这场可怕的、丢脸的闹剧。

接着，她无法控制地抽泣着，话也说不出来。但我还是听见了：她本来是想要坚强。她是要有控制力的。她是要按照自己的方式去死的，尽量不给这个世界添麻烦。她本来想要平平静静，她是想要有秩序。

她所要求的全部是：她周围的平静和秩序。

一种镇静、干净、优雅，甚至是——为什么不可以？——美丽的死。

是她心里一直想着的。

在一个晴朗的夏夜，在一个风景优美的小镇，在一栋漂亮的房子里，一次美丽的死亡。

是我朋友为她自己写下的最终结局。

我说，这不是你的错。当然也不是我的错。既然如此，可我为什么总是感觉：我，而不是任何其他人，应该受到严厉的责备？

我坐在那里想方设法安慰她的时候，也在考虑下一步必须做什么。我们该怎么跟我们的房东解释这件事？尽管这个职责可恨，但不能拖延了。他们需要马上和他们的家庭保险公司联系。

一对夫妇坐在客厅看电视，就在这个时候，天花板突然裂开了，楼上一个浴缸满溢出来的水瀑布般飞流而下。就在他们跳起身，惊慌失措抱头鼠窜的时候，大门开了，冲进来一群年轻人，他们一个个面带微笑，身穿制服，魅力十足。此刻，房主像被施了魔法，雕像般一动不动；这群年轻人开始干活，清理杂乱的现场，把一切修复如新。当门在他们身后关上，夫妇俩被解除了魔法，他们并没有意识到有什么不对劲。像从未发生过一样，这是公司的承诺。

我多次看过他们的电视广告，看到过他们卡车车身的一侧用油漆写着“火灾和水灾清理及恢复”的字样；现在，我有点抓狂，脑海里不断闪现这条广告，从它那神奇的、童话般的结局中汲取希望。

这时，我的朋友在絮絮叨叨。来这里就是个错误，是个愚蠢的主意。是个幻想。她应该知道会出问题的。不公平，太他妈不公平了。

稍停了一会儿，她叫道，我一生中从来没有这么不快乐！我恨我自己！她这么一叫，把我从沉思中拉了回来。

在绝望中死去。我想起这句话，房间里所有的水都结成了冰。

这种事绝不能发生。绝不能允许这种事发生。

我的朋友这会儿在尖叫。哦，这都是什么事啊，这见鬼的都是什么事啊。

这就是生活，就是这么回事儿。无论发生什么事，生活都会继续。乱糟糟的生活。不公平的生活。必须应对的生活。我必须应对的生活。因为如果我不应对，谁去应对呢？

第三部

作家写的每一件事都很容易就写成了另外的样子——但写了才知道。生活也很容易就过成了另外的样子，但过了才知道。

——英格·克里斯滕森*

* Inger Christensen（1935—2009），丹麦女诗人。

第一章

用日记记录我朋友最后的日子这一计划——从来都没有实施。我一开始记过，但几乎立刻就停了下来。我甚至都没有保存我记的那几页。我发现我根本不想做书面记录。原因似乎是我对记日记并不信任。从一开始我就觉得这像是一种背叛——我并不是指针对我朋友的隐私，而是针对这一经历本身。不管我如何努力，我的语言总是不够好，发生的事情的真相永远无法精准地表达出来。甚至在我开始之前，我就知道，无论我想方设法怎么写，结果充其量只是要写的东西的一鳞半爪，而要写的内容本身则从我身边溜走，就像那只你打开家门的时候你还没来得及看上一眼就逃走的猫一样。我们口口声声说要找到恰当的词语，但是，对于最重要的事情，我们却永远都词不达意。我们把那些词语一个接一个写下来，就像必须写下来那样，可那不是生活，那不是死亡，词语一个接一个，不对，根本就不对。不管我们多么努力地要把最重要的事情用语言表达出来，结果总像是穿着木屐跳舞一样。

可以理解：语言最后会歪曲一切，语言一贯如此。作家太了解这一点了，他们比任何人都清楚，这就是为什么好的作家为他们的句子淌汗流血，而最好的作家则不怕为他们的句子粉身碎骨的原因，因为但凡有找得到的真理，那么他们相信就能找到。那些相信自己的写作方式比他们可能写的任何东西都更重要的作家，是唯一一类我想再读的作家，唯一一类能够激励我的作家。我再也不能读其他书——

但是，我干吗要告诉你所有这些？

语言会歪曲一切。那为什么还要搞一个不真实的记录，让日后读到它的任何人——甚至包括我自己——认为（误认为）是真实的呢？

还有：记日记没有我所希望的那种稳定或安慰的力量。

它不能抚慰我。它反而让我感到沮丧。它让我感觉笨嘴拙舌。笨嘴拙舌、毫无希望。它让我充满焦虑：我已经沦为一个多么糟糕的作家了啊。

如果我们一直以来都误会了巴别塔的故事了呢？我的前男友曾经在一篇文章里提出过这个问题。看啊，人类是一体，他们全都说一种语言。上帝说，这不可以。人类作为一个整体，他们可能会成功地建成那座城和他们希望借此扬名的那座通天塔。的确，全知的上帝知道，有了一种共同的语言，对他们而言，没有什么不可能。阻止这种令人憎恨之事的途径就是要用多种语言取代一种语言。于是就这样照办了。

但是，如果上帝真的更进一步会怎么样。如果不是给每个部落，而是给人类每个成员一种不同的语言，就像指纹一样独一无二，那会怎么样。第二步，上帝蒙蔽人类，不让他们认识到这一点，以使他们之间的生活充满更多的冲突和混乱。结果，尽管我们也许明白世界上有很多民族说很多不同的语言，但我们被愚弄了，以为我们自己部落里每个人都说着和我们一样的语言。

根据我前男友的说法，这可以解释人类遭受的很多苦难；他这么说并不像你也许以为的那样是在开玩笑。他真相信事情是这样的：我们每个人继续用言语表达，我们的意思我们自己清楚，但旁人却不清楚。

我微笑着，带着揶揄的口气，也抱着希望问道，连恋爱中的人也是这样吗？那时，我们才刚刚开始确立恋爱关系。他只是朝我笑笑。多年后，在痛苦的尽头，得到了痛苦的答案：恋爱中人最是这样。

我有一次听见一个记者说，每当他在写一篇文章的时候，他发现自己不断地在清理电脑屏幕，于是他就知道自己的语言很可能是不清楚的。

让人想起奥威尔理想中的文字：像窗玻璃一样明净。

看窗外，是写作老师的温馨提示。你看见什么？

我看窗外的时候，那个怪物还在那里。

到目前为止，我还没有为我不记日记感到后悔，我想也许将来有一天我会后悔。另一方面，我发现自己在想一部名为《非家庭电影》[1]的电影；比利时电影制作人香特尔·阿克曼在片中记录了她母亲生命的最后几个月里她们俩的交谈。我们都应该成为伟大的电影制作人。

我明白，现在这是一件人们爱做的事，拍视频，安排好等自己去世后发送给生前认识的一个或更多的人。在有些情况下，这种视频是准备用来在死者的追悼会上播放的。我不太明白为什么，但是，我发现这样做很容易会让人觉得不能免俗。

我朋友跟我讲过播客，她应医院一位社工的要求制作的，回答关于患了绝症是什么样的情况的问题，后来她后悔了——正如我怀疑的那样，那感觉并没有她说的那么糟。至少我是不会像她那样把这种感觉说成“失控了”，尽管她让我发了几次怵。我会最怀念什么？我什么都不会怀念，我要死了。我不会有任何感觉。刺耳地笑了一笑。

她听上去很烦。她是很烦。（多少次有人说我不能耐心地对待蠢人。）

令人惊讶的是，被问到她有没有想过自杀，她毫不犹

1 *No Home Movie* (2015)，亦译《不是家庭电影》《无家电影》。

豫地回答说没有，而事实上，我们知道，从她被确诊的那天起，她就一直有这个想法。

有什么遗憾的事吗？

遗憾的事情不是说她没有花更多的时间和女儿在一起，也不是说她没有成功地与女儿和好，而是说她没有再要一个孩子（这句话显然可以从两个方面来理解）。

她是多么厌恶遗愿清单这个措辞啊。她更喜欢致命的这个词，而不是临终的这个词。她不仅不相信来世，而且对这么多人相信来世感到目瞪口呆。

很可能是她讲话的口吻让她感到遗憾。她不想自己看上去生气或者痛苦。情绪化地看待自己死亡这件事是不得体的（她在播客上使用这个词时，是一个令人畏缩的时刻）。直到最后，她始终保持着一种泰然自若的形象。

已经到这里了，我受到吸引，就听了这个系列节目里的其他几集。意料之中的是，参与者大多数是女性（包括那位社工）。女性不是总是比男性更愿意谈论她们的真情实感吗？她们为什么不更愿意谈谈生病的情况，谈谈她们面对死亡时在经历的事情呢？此外，那些被采访的人大多数是老年人，众所周知，老年男子往往话不多——曾经经历过战争的老年男子就更是如此。还有，在我看来，在被要求为别人做点什么的时候，即使不是很热心，女性也往往比男性更有可能去做。（似乎有一些存在争议的研究，其中有不少涉及要求临死的人接受访谈、填写调查表或做问卷等。一些人问道，那些人剩下的时日寥寥，你还去占用他们的时间，这样做道德吗？）

我在听播客的时候，听到的是非常一致的情况。不管接受还是不接受，都会害怕。怕痛。怕黑。即使那些确实是“温和地走”的人似乎也不完全肯定“夜”的“良”的部分。（诗人迪兰·托马斯无法把自己的诗与之分享的那个人，似乎恰恰是给他创作该诗灵感的人，也是诗人在诗中提到的那个人——他的父亲，原因就是诗人的父亲没有被告知他即将离世。）[1] 我听到的是焦虑远多于禅定。每一个接受采访的人都目睹过别人在他前面死去。遗愿清单和最后的愿望并不过分。再过一个圣诞节。再见一次春天。（“我希望和我的孙子孙女们最后再度一次假”……

1 此处指英国诗人迪兰·托马斯写过一首诗，即《不要温和地走进那个良夜》（*Do Not Go Gentle into That Good Night*），表达了他对于死神将可爱的人们带离这个世界的愤怒，即“怒斥光明的消逝”（Rage, rage against the dying of the light）。

“等我儿子从法学院毕业”……“翻修完房子”。）有几个人发现自己很自然地沉浸在对往昔的回忆之中。（“老是想起妈妈的脸。”“这些年我一直对自己离婚感到愤怒，现在不再有这种感觉。”）为身后人感到伤心和担心，因为自己的死带给他们的痛苦比带给自己的更大。（“要是我的孩子们不这么小，该多好啊！”“我都不敢肯定我丈夫是否知道厨房在哪里，他会饿死的。”还有，猫们可怎么办啊？）

没有自怜，除了这个孩子还小的母亲。这个女人让我们相信，她做的每件事情都是“对的”。她从未伤害过谁，她遵守一切游戏规则。她是个好人。为什么是她为什么是她为什么是她。

缺乏幽默，除了一个声音很刺耳的五十岁的男人，他执迷于自己的墓志铭。他说，他听到过很多不错的墓志铭，他最喜欢的是“后会有期”。他问，我能不能用以前被人用过的一个啊？那算不算抄袭呢？

好像他会因此被起诉似的。

抄袭了墓志铭的男人。以及其他诗歌。我朋友会很喜欢的。

Bucket list（遗愿清单）当然源自 *kick the bucket*（一命呜呼）[1]。但是，“一命呜呼”的出处，似乎没人知道。

桶跟这些事有什么关系？为什么要踢桶？是不是桶里会有什么东西？（我朋友问。）

我过去一直认为说的是一匹临死的马。马倒下时踢了桶。但我找不到这种说法的出处。

俄罗斯有个迷信说法，说看见有人提着一只空桶是个不祥之兆。会不会跟这个迷信有什么关系？

除了我朋友和另一个女人，她只是说她不知道，所有人都说他们相信他们还会再见到他们所爱的人。我不止一次地注意到似乎没有人担心自己会下地狱。地狱就是他人，如果你同意萨特的话。显然，对于大多数人来说，地狱是为他人、绝对不是为你自己准备的。也绝对不是为那些你盼望再见到的人准备的。像核战争或气候变化造成地球上的生命灭绝一样，包含着无尽可怕和痛苦可能性的来世，看起来是一种无法理解的巨大的恐怖。

加州天堂镇，消失了。那场“坎普”山火把天堂镇烧

---

1 该短语字面意思为“踢桶”。

毁之后，[1] 一篇社论文章的作者写道："在人类的想象中，这个受到永恒诅咒的地方成了地狱，人类的愚蠢造成了一个越来越糟糕的热浪和野火的未来，它们至少给一些人的印象是同时出现两座地狱。"

我发现自己希望——尽管不无内疚——这个播客能更有趣一些。我厌倦了他们谈论自己的方式，感觉那种方式很糟糕（尽管一个诚实的谈话疗法的专家会告诉你，在病人吐露心声的时候，他得频频强打起精神，才能让自己醒着），我不禁怀疑，这些人并不是在说他们真正在想或感觉的东西，而是在说他们认为其他人希望听到的东西。意思是能接受的、恰当的——得体的东西。

临死的自己是我们在生活中扮演的一个角色，就像其他任何角色一样：这是一个令人不安的想法。除非你独处，否则，你绝不可能是真正的自己——但是，谁又希望临死的时候身边一个人都没有呢？

但是，希望某人在某地就此说出某种有新意的东西，是不是要求太高了？

---

1 2018 年 11 月 8 日，美国加利福尼亚州北部布特县天堂镇发生"坎普"山火（Camp Fire），致使这座曾经环境秀美、被誉为"养老者天堂"的小镇化为一片废墟。

我朋友诊断后不久，参加过小组治疗的几场活动。尽管这些活动是在癌症诊所进行，但是，这个小组只由病人组成，没有任何专业治疗师或者接受过训练的人来引导他们。我的朋友说，最后每人说的都是同样的东西，她并不觉得奇怪。毕竟，疾病是一种共同的经历。人们为什么不能以相似的方式对它做出反应呢？

我朋友说，有个女人差不多和她同时加入了这个小组。这个女人60岁左右，她生在保加利亚，尽管中学就开始在美国生活，但她讲英语有口音。她丈夫的父母是保加利亚人，但他在美国出生；她和她丈夫结婚已四十年了。她丈夫现已退休，干了一辈子房屋验收的工作。她本人是牙医助理。三个孩子现在都已成人。女人告诉小组里的人，这段婚姻最初充满了爱。她说到他们早年生活的美好回忆：婚礼，孩子接连出生——都很健康，都很漂亮——就像他们想要的那样，一个两个三个。

但是，夫妇俩之间早就不再相爱了，她说，婚姻的大部分时间里，他们并没有和睦相处。事实上，女人承认，家完全是一个战场，所以，孩子们长大了可以搬出去住时都很高兴。她说，此后，他们夫妻俩吵得少些了，但越来越各过各的日子，她说。他们分房睡，也并不总是坐在一起吃饭。日子一整天一整天地过去，他们相互间几乎一句话也不说。但是，他们发誓：无论好坏。加上他们是天主教徒。没有离婚一说。

女人告诉小组里的人，过了一段时间，他们才知道她病得有多严重。一开始，谁都没说到癌症方面的任何事情。他们说，她的症状很可能是由溃疡引起的，也有可能是胃酸反流，甚至可能只是肌肉拉伤。真相一个个接踵而至，一项又一项检查的结果带来的消息一个比一个坏。（病友们一脸凝重地点头：这条路大家都走过。）女人说，她丈夫的第一反应大体上是恼火。他对医生说，他妻子一直都有多疑症（不是没有一点道理，他妻子愿意承认）。他自己也有胃酸反流，那又怎样？各种各样的病痛——他们已经不年轻了，两人都不年轻了。女人告诉大家，然而，当癌症确诊后，她的丈夫变了。

她说，一开始，她以为自己一直是在臆想。她的孩子们坚持认为情况就是这样——他们说，只要想想她在经历的事情，就并不奇怪。担惊。受怕。更不用提众所周知的化疗脑引起的紊乱了。

她说，但那不是她的想象。没有震惊，没有害怕，没有化疗脑。她说，转移性胰腺癌的预后一解释给他们听，她丈夫就高兴起来。

她说，突然间，他总是情绪很好地陪在她身边。她说，哦，倒不是说他喜欢看她受罪。他不是个魔鬼。他不是最好的丈夫，不是，不过，他一直是个正派人。她说，只不过，他不隐瞒自己的感情。不瞒她。她说，在医院里，我会观察来探望同病房病人的人。我观察他们的脸，我也观察我的孩子和我家其他亲属及朋友的脸，我看到了同样的悲伤和害怕。她说，但是他脸上却从来都没有这种神情。从不流泪。她告诉大家：有一次，他以为我睡着了，事实上，我在偷偷地看他。他坐在窗边上的一把椅子上，两腿交叉，晃着一只脚。他凝视着窗外，抬头仰望着天空，脸上是一个心满意足的人的表情，一个对现状十分满意的人的表情。她说，然后，他伸展开双腿，双手交握在脖子后面，身体向后靠去。现在，他在仔细端详天花板。女人描述道，过了一会儿，他深深地叹了一口气，突然笑了起来。

据我朋友说，那个女的告诉大家，她想过叫她丈夫走开，她不想让他再来医院看她了。她想要告诉他，他糊弄不了她，她比任何人都了解他——好像四十年了她还说不出他的感觉似的。她说，好像他是一本书，我读不懂似的。好像我听不见他内心在放声歌唱自由似的。

她说，但是，她不能那样做。我的朋友告诉我女人对小组里的其他人说，她没有勇气面对他。事实上，她为他感到难过。她说，我为他感到难堪，我可怜他。尽管我恨他，他至少也得努力隐瞒他的感情啊，但是，我想，也许事实是他做不到。我想有可能他自己对这一点都不知道，他在否认自己的感情（她说，他可一直都是这种样子），他会勃然大怒，如果我——

讲到这里，她停了下来，需要一点时间来镇定一下。

女人又接着说，想想我们在一起的生活，我们的婚姻到最后这么悲惨，回头看看，我们几乎没什么幸福可言，我得承认我理解。她说，也许，假如他们的角色互换一下，她也会有同样的感觉。也许，很多陷于不幸福的婚姻之中的人，在对方去世的时候，会有一种解脱的感觉。也许，他们无法控制自己有这样的感觉——也许，他们无法隐瞒自己的感情。尽管这一切非常可怕，但是，这个女人说她问自己：这是一种犯罪吗？她说，你们想想看，我刚才都在说什么？我丈夫应该做一个更出色的演员吗？一个更高明的骗子吗？

女人继续说，她需要他。她病了，仰面躺了那么多天，很无助。她说，她不想成为子女们的负担，他们每个人都有自己的工作，有各自的家庭，有他们自己要去打拼的事情。她需要有个人来照顾她，她丈夫的确来照顾她了，尽管天知道这并不总是容易的事情，但他做了，而且没有怨言。

女人告诉大家：正如我说的，他现在心情总是很好。总是高高兴兴的，为我做这个做那个，有时候，他还低声哼着小曲儿，要不就是吹着口哨。他始终都不知道我在经历什么，不知道我清楚真实情况。女人重复道，他根本不知道我清楚。我知道。

据我朋友说，这个女人讲述自己的故事时，方式非常奇怪的僵硬而单调，目光一直低垂，好像在念一个看不见的脚本，在给一个她根本没有希望得到的角色试镜一样。我朋友说，可是，每个人却全神贯注地在听。一根针掉在地上的声音你都能听到，当然，我们都被听到的内容吓呆了。女人讲完之后，其他人开始讲。我的朋友说，并不是每个人都讲。有些人，比如我，就什么都没有讲（我承认，我压根就不知道该跟这个可怜的女人说些什么），但那些开口说话的人意见都是一致的。这个女人搞错了。孩子们当然是对的，他们毕竟了解自己的父亲，他们认为这个女人肯定是完全错了，她应该听听他们的意见。他们说，她丈夫的行为还有另一种解释，一种很明显的解释，即他的行为只是他的应对方式。这种事不是一直在发生吗？人们不就是这样做的吗？他们面带笑容，他们努力表现得正常，表现出开开心心的样子，他们掩饰自己的眼泪——为什么？因为他们认为这样会让病人轻松一些，也会帮她振作精神，这就是为什么。组里的其他人向她解释说，这就是她丈夫在做的事情。里面根本没有什么阴谋。她自己不是也说了吗，他一直在很好地照顾她，他一直陪在左右，为她再做多少他都觉得不够，如果这都不算确凿证据能证明他的爱——

我朋友说，这个女人没和这些人争论。事实上，她对他们的评论没有做出任何回应，除了偶尔点点头，她的眼睛一直低垂着，脸上一直挂着尴尬的似笑非笑的表情。她知道。

我朋友对我说，嗯，这个女人此时勇敢地做了一件艰难的事情。她看到了真相，但没有退缩。她说了不能说的事情，她指名道姓地说了。而这些人却在给她洗脑。他们此时不诚实——对她不诚实，对他们自己也不诚实。因为他们不能接受真相，他们不得不说一大堆废话，来掩盖真相。

我朋友说，在这个房间里发生这样的事情已经不是第一次了。总是同样空洞的建议，同样的陈词滥调，说是进行正能量的思考，奇迹会发生，不要放弃，别让癌症获胜，诸如此类。我朋友对我说，所做的这一切就是提醒她，人要接受现实有多难。她说，我们无法抵挡的需要，要么采取鸵鸟政策，要么对一切都悲观感伤。

这一切让我想起，当别人坚持认为，尽管我朋友的女儿从未显露出对她的爱，但是，爱一定陪伴在那里，听到此话的时候，我的朋友以前会有多么恼火。（*所有的孩子都爱他们的母亲*：人人都知道这一点。）

我朋友说，小组治疗使她感觉不到支持。让她感觉格格不入。自从那个女人在小组里讲了她的故事之后，我朋友说她受够了。她再也没有回去过。

她说：后来，当我听说那个女人去世后，我又一次感觉怒从中来。她的感情遭到否认，否认的方式似乎是大错特错，我们谁也没有说出一句能够真正给她帮助或者安慰的话。“羞愧难当”是我的朋友用来描述她现在每每想到那个女人时的感受。她说：我一直在想，在这个女人临终前，有没有哪个人那一刻真的理解了她。理解了她。

这是我听到过的最悲伤的故事。

关于这个女人，我自己也在想：临终前，她到底有没有改变主意，去面对她的丈夫呢？

你认为你生命的意义是什么？

“家庭。”

“爱。”

“做对的事情。”

“做个好人。”

“保持积极的心态，追逐自己的梦想。”

生命之所以有意义，原因就在于它会停止。当然，想到这样回答的人是作家。当然，这个作家就是卡夫卡。

那个社工说，用你自己的话说。

这些就是我的话。我同意卡夫卡的观点。

但是，问题是：你的生命的意义是什么。

我朋友说，就是它会停止。就像卡夫卡说的那样。（刺耳地笑了一笑。）

房东对我说：我和我妻子一起生活很久了。相信我，我们对悲剧并不陌生。我们的一个孩子很小的时候就死于脑膜炎。在我们这个年龄，我们已经目睹了我们很多的亲朋好友离世，我们俩呢，也生过几次重病。房子被淹并不是世界上可能发生的最糟糕的事情。如果这是今年发生的最糟糕的事情，我会认为自己很幸运。你把房子租出去就要冒这样的风险，当然，这也就是我们为什么买保险的原因。谢天谢地，不是楼上浴缸，那样的话，损失会更大。

我们在通电话。我们挂断电话之前，有某种东西促使我问他客厅里那幅画的事。（守护着我们——哈！在我们准备搬出这座房子的时候，我的朋友边说边对她竖中指。）他告诉我说，那是他们在一次财产拍卖会上买下的。他说，我们俩都完全被这幅画吸引住了。起先，我们觉得把它摆在客厅显眼的位置不对。后来倒成了一个很好的谈资。男人说，不过我妻子——不，她从来不像那样子。说完，他轻声笑了一下。

来对这次水淹定损的检查员看到那幅画的时候，问我：是你吗？

第二章

要是记了日记，我就能告诉你我们确切是什么时候不再说话的。那时，我们已经在我朋友的公寓里安顿下来了。住过那座房子后，感觉公寓小了，不过，我还是有我自己的房间。我打开行李，安心住下——还是不知道要住多久——开始了同样的日常生活。我要去购买日用品，做其他需要做的事情。我的朋友当初认为自己是要永远离开这个公寓了，因此辞退了每周来一次打扫房屋的钟点工，于是，这件事现在就落到我的头上。我专心投入其中，一直干到她恳请我停下来为止。吸尘器的噪音，消毒剂的味道——诸如此类普通的刺激物，她都无法忍受。她的皮肤现在非常敏感，连丝绸摩擦一下都觉得刺痛。

但当她发现卧室的窗子被鸽子屎溅得脏兮兮的时候，她坚持要我马上洗刷掉。搞定这扇窗后，我们决定我来把所有窗子都洗刷一遍，氨水味实在让她恶心。

我朋友说，她很高兴回到家。她坚持认为离开家的想法是错误的，是向错误的想法投降，她也因此受到了惩罚。

既然回到了家，她决不会再离开公寓了。即使在感觉很好的时候，她也不想出门——连她家马路对面的公园都不想去，一直以来那儿可是她最喜欢去的地方，况且时值仲夏，俨然一个绿荫覆盖的天堂。她走路已经开始无法保持身体平衡，她怕跌倒。还有一件事：当她到了人生旅程的下一个，也是最后一个阶段时，她便不再与外界交往。

有时候，外出办事回家，我会悄悄地在公园里待上几分钟，然后再进门。

通常，我一坐到长凳上，就会哭起来。

天哪，你知道，事情不应该是这样的。即使我现在觉得一切都是不可避免的。但是，爱难道不总是给人这种感觉吗：命中注定的，不管多么出乎意料，无论多么不可能。

碰巧，我在最近看的一本新书里，发现有人将目睹一个人死去的体验与坠入爱河的强度进行比较。你知道，看到另外某种语言里有一个词来表达这一意思的时候，我不会感到惊讶的；像博多人说的语言里那个表达那种特殊的爱的词叫做*onsra*。

我想知道，一旦所有这一切（所有这一切：这不可阻挡的、难以言表的事情）都变成了遥远的记忆，会是什么情况。我一直都很讨厌最强有力的经历到最后往往化为梦一般的体验。我说的是超现实主义的劣迹，它玷污了我们对过去的想象。为什么这么多发生过的事情，会让人感觉好像它们并没有真正发生过呢？人生不过是一场梦。想想看：还有比这更残忍的理念吗？

记忆。格雷厄姆·格林认为，我们需要另一个词来描述我们看待那依然存在于我们心里的往事的方式。

同意。

在此也同意卡夫卡的观点。同时，也同意加缪的话：人生的本义即全力以赴阻止自杀。

所有杀不死我的，只会使我更强大。在弥留之际，克里斯托弗·希钦斯问自己，尼采的这句话怎么会让他觉得深刻的。很清楚，他自己的经历不是这样，尼采的经历也不是。希钦斯说，是得了癌症才引发了这一重新思考。

此时此刻，我又怎能不回想起那句老涂鸦："上帝死了——尼采，尼采死了——上帝。"后来，反无神论者忍不住用"希钦斯"代替了"尼采"。

最近的讣告：贝聿铭、阿涅斯·瓦尔达、里基·杰伊、碧比·安德森和多丽丝·戴。

不是上面所列的顺序（但我喜欢这样的韵律）。[1]

我听说有人承认他们定期看讣告，希望能看到他们认识的人的名字。看讣告也被说成是对很多孤独的人的一种安慰的来源。想必这些人喜欢看到的并不是死亡，而是逝者可能有过的被简洁概况的生平。但是，这些人同样也是传记的热心读者吗？很可能不是。写你自己的讣告：人生导师和人类发展顾问经常推荐的一种锻炼方式，但对我从来没有丝毫的吸引力。

沃尔特·本雅明以他权威的方式写道：讲故事的人是从死亡中获得权威的。还有："人生的意义"是小说围绕的中心。

---

1 参见 I. M. Pei，Agnès Varda, Ricky Jay, Bibi Andersson, Doris Day 中的韵脚，主要是 /ei/。

巴特·斯塔尔、卡罗尔·钱宁、W. S. 默温、米歇尔·勒格朗。

巧合的是，他们都为《瑟堡的雨伞》写过配乐。

这些人大多长寿，几乎都活过了79岁这个人类的平均寿命。我朋友根本就不再年轻，却年轻到可以做他们的女儿。

约翰·保罗·史蒂文斯、托妮·莫里森、保罗·泰勒、哈尔·普林斯。

“追逐者”[1]，“世上最聪明的狗”。莎拉，“世上最聪明的黑猩猩”。

臭脸猫！

他这个物种中的最后一个。2019年元旦，夏威夷一所大学的繁殖场，一只名叫乔治的14岁的树蜗牛死亡。他这个物种就此灭绝。

我并不是说我们突然就不再说话了。不是那样的。甚

---

1 “追逐者”（Chaser）是一只边牧犬，2019年7月23日去世，终年15岁。“追逐者”在主人的反复训练下，能认1 022个单词，被称为世上最聪明的狗。

至在那场水灾迫使我们搬离那座房子前，我们就已经不再进行那种有时候让我朋友聊到咳嗽或者喘不过气来的交谈。并不是我们之间再也无话可说，而是我们对说话的需求在不断减少。一个眼神，一个手势或碰触一下——有时甚至都不用那么多——于是，一切就都心知肚明了。

她的旅程往前走得越远，她就越不想分心。

她不再想要别人读书给她听，当然，她自己又能够看一会儿书了。我们不在的时候，到了一个包裹：是一本书的校样，作者她认识，是以前的一个学生，想请她写个推荐语。

我朋友说，最后一件好事。为什么不写呀。

这会是她看的最后一本书。（为加强效果，我想要说，这个推荐语是她写的最后一篇东西，不过，尽管完全是可能的，我现在不能肯定对不对。）

让我别忘记我们最后一次在一起的开怀大笑。

我们已经把我们的物品装上了车，开车离开那座房子。我们已经一声不吭地开出去几英里，就在这个时候，她突然用微弱而悲伤的声音冒出一句：你干活，你策划。

我有没有听错？这是我们一起看过的一部电影中的对

白；那是一部神经喜剧的老片子，讲的是一个花花公子追求一个女继承人，想设局先和她结婚、然后再弄死她，自己得以转身变成富豪。该死，该死，该死，在一切预谋都出岔子的时候，这个无赖恼火地大喊。你干活，你策划，到头来，竹篮打水一场空！这个场景当时让我们笑得前仰后合；而此时，尽管她明显感觉心烦意乱，但是，她的话在当时的情况下太反常了，除了笑，我还能做什么？她开始一惊，然后也笑了起来。

我们平静下来，又开了几英里之后，我说希望这次她没把药落下。说完，我们又是一阵狂笑。露西和埃塞尔实施安乐死。我笑得让车震动得太厉害了，都有点跑偏了。

不，她不要人来看她。她说，她已经跟大家道过别了。

不，她不想向她女儿最后一次示好。

她说，我们之间无法和解，我已经心平气和地接受这个现实了。

有一次，坐在街对面的公园里，我的目光扫过她住的那栋楼的正面。哪些窗子是她家的？我数着楼层——她在那儿！正站在六楼的一个窗口——她的卧室的窗子——往外看。从那个角度，她对公园可以一览无余。但是，她看到我了吗？就我能够做的判断来看，她没在低头看街，而是看向远方。我想挥挥手，可太迟了：她走开了。（即使如此，就像经常发生的那样，想象会成为记忆：我回想起我的朋友从那个卧室窗口朝我一次次挥手。）不过，就是看到她的这一眼，让我想起了另一个女人，一个我多年前有过短暂交集的人。

我那时候处于本科毕业和读研究生之间，那段时间，我靠做各种兼职来维持生计，这个女人在写一本书，她雇我为这本书做一些调研。她也住在一个公寓里，从公寓里可以看到一个公园：一个豪华得多的公寓，一个面积大得多的公园。中央公园。她大我20岁的样子，她在写的书是一个女人的传记；这个女人生于一个古老而富裕的美国家庭，20世纪60年代成为名模和明星，名声大噪，但是她的心理障碍导致了她自毁的痛苦，结果英年早逝。

除了这本明显带给她大量麻烦的书，她还在做其他项目。她让我打电话给几个文稿代理人，向他们要几本他们代理的作家的手稿复印件。（我现在记不清具体是怎么回事了，很可能她是在找材料想拍一部电影。）经纪人似乎全都知道她是谁，但似乎又并不把她当回事儿，有几个人告诉我他们都是忙人，不喜欢有人以这种方式打扰他们。当我转告她说，有个人说了些侮辱性很强的话——比如“你们女孩子应该找点别的游戏去玩玩”——她被逗乐了，并没觉得受到很大的侮辱。

有一次，她要开个派对，便给了我一个清单，上面是她要我打电话邀请的客人的名单和电话号码。这些人我几乎全都认识；有几位则是无人不知无人不晓的。

我不喜欢这份工作，因为对我来说它从来感觉不很真实；它的确常常像是一场游戏。我不太相信这个女人能完成她在写的那本书。况且，给我的报酬又低。

一天上午，她电话打到我家里，要我当天去一个档案馆，找一本书。这是一本年代久远的打字稿装订版书，不允许外借；她要我浏览该书，从中筛选出她在写的那个女人的祖辈们的生活细节。她说我应该电话预约，让他们在我到的时候准备好这本书。但是，我没有电话预约——我认为真的没有必要——结果，让我很惊讶的是，我等了一个多小时，他们才把书拿给我。

当她看到我那天的工作账单时，她对数额表示质疑。我跟她解释说等了很长时间，她提醒我说她让我电话预约的；她说，如果我预约了，就不用等了。接着，我们就吵了起来。最后，她同意多付一小时的工资，而且乐意继续用我。但是，从那以后，我就不想再为她工作了，我也再没为她工作过。

所有这一切都过去40多年了。在所有这些年里，我极少想到她，尽管我知道事实上她真的写完了她的书，而且出版了。不时地，我会听到一些她举办的豪华派对的消息。但是，我并不会时常看讣告，所以她的讣告发布时我没有看到，我是最近才得知，几年前，她从顶层公寓跳了下去；我最后一次见她后过了一段时间，她就搬到了那个顶层公寓。

我看到的和讣告一起刊登的照片中，没有一张是她去世时的样子：衰老——大约是我们第一次见面时两倍的年纪——而且抑郁。大多数和我记忆中的形象相符：黑色鬈发，窄窄的、瘦骨嶙峋的脸上露齿的微笑。她的声音听上去夸夸其谈，空洞浅薄，总是激动不已，说起话来滔滔不绝：每个人都是可爱的。一切都是神圣的。她在家穿的银色（有可能是金色的）芭蕾平底鞋。她的参差不齐的笔迹，就像是醉鬼的或者小孩的笔迹。对生病有一种夸张的恐惧。

（你感冒了吗？我自己的孩子感冒的时候，我都不会靠近他们。）一个好友脖子上查出了一个恶性肿瘤，她告诉我的时候，浑身瑟瑟发抖。她哭着说，只是一个小小的肿块。小心翼翼地触摸检查着她自己细长的脖子。

亲切优雅的主人。我们第一次见面，她在为那份工作面试我，一个女佣端着托盘走进房间，托盘上放着白葡萄酒、饼干、肉酱，肉酱装在一个小小的陶制花盆里。举止笨拙的客人：因为抓得太紧，饼干在我指间啪地断了，我太难为情了，再也没去碰任何其他东西。

从讣告和纪念文章中，我了解到一些之前我不知道的她的事情，也让我想起我曾经知道但已经完全忘记的其他一些事情。常常回忆起的是，当年她还在上学的时候，就和老威廉·福克纳闹过绯闻。

于是，当我坐在公园，抬头看我朋友的窗子时，我回忆起了这一刻。那些窗子当时刚刚被擦洗得像奥威尔理想中的文字一样明净。

身边是我的几个购物袋，有鸡蛋、面包、三文鱼和甘蓝菜，还有她永远都不会吃的冰淇淋。冰淇淋我会吃，而且一直吃一直吃，吃到饱，吃到吃不下为止。而且还会吃更多。

走过来一个拿着扫帚和长柄簸箕的男人。我认识他。他是社区的一名志愿者，负责公园的保洁。愿老天保佑他。

还愿老天保佑那个每天来喂松鼠和鸟儿的女人。

老天保佑松鼠和鸟儿。

但是，现在我对面的那对夫妇。他们刚坐下，一对年轻夫妇，他们在争吵。因为喷泉的汩汩声和溅泼声，他们说什么我听不大清楚，但我相信他们说的是法语。他们坐在喷泉边上。他们年轻，他们漂亮——即使生气的时候，他们照样漂亮，年轻人的那种漂亮。我不知道他们在说什么，但我看得出来——你总能看得出来的——他们在吵架。

哦，年轻人，请别吵架了。让这里成为和平之地。

我可以告诉他们，就是今天早上，我也和别人吵了一架。我现在就可以打断这对夫妻，像个疯女人一样，就是你在公园里碰到的那种疯女人。打断他们的争吵，开始告诉他们我自己吵的架，我今天早上在电话里和我的前男友吵的架。因为我告诉他我恐怕做不到，我想我不能撒谎。我们又从头到尾理论一遍。他说，如果死亡时你在现场，你就会被审问。我说，我知道，我知道，因为当然我确实知道——这个问题我们谈论过多少次啦？但是，我能够想象，在那个节骨眼上，要我撒谎可能很难。或者，至少，谎要撒得让人相信很难。

我就说了这些。

他当时就气炸了。他说，你就是这种德性。N次了。他说，真受不了你。

你就是这种德性。所有让他烦扰的事情，我们之间出了任何问题，总是我这种德性。

我就是这种德性不让他开心。我就是这种德性把他赶走了。逼得他投入别人的怀抱寻求安慰——我他妈就是这种德性。

他真的这么说的。

实际上是吼的。

想象一下这对年轻夫妇以困惑的眼神看着对方。她为什么要告诉我们这一切？

或者，为什么不把他们想象成善良的人。忘掉他们的争吵，把他们自己的烦恼放一边来倾听。你有什么痛苦？[1]

---

1 原文为法语："Quel est ton tourment?" 参见第一部第七章末注释。

二联性精神病——我前男友是这样描述我和我朋友之间正在发生的事情的。

他不再染指我们的事情。

疯女人。谈谈你最大的恐惧。把包放在公园长凳上的疯老太。保佑一切，诅咒一切。女人的那类故事。我自己的母亲差点未能逃脱的命运。现在，我该起身走了。冰淇淋在融化。鱼会坏掉。但我头昏。如果我站起来，恐怕我会眩晕。恐慌来袭。这里在发生什么？

拿着扫帚和簸箕的男人，喂松鼠和鸟儿的人都走开了。那对法国夫妇（哦，太好了：他们肯定和好了，他一只手搂着她，她的头靠在他胸前）正往前走。

正在发生什么？我害怕得心怦怦直跳。很快，这个童话故事就要结束了。这段最悲伤的日子，也是我生命中最快乐的一段时光，终将过去。而我又会独自一人。

老天会保佑那些哀悼的人。

本雅明说，吸引读者去看一部小说的是，希望通过他读到的死亡来温暖他那颤栗的人生。

我尝试过了。我已经一个字一个字地记下了。明白每个字本来的意思都可能不同。正如我朋友的一生，就像其他任何人的一生一样，也可以不同。

我尝试过了。

爱，荣誉，怜悯，自豪，同情，牺牲——

就算我失败了，又有什么关系。

译后记

继《我的朋友阿波罗》之后，当代美国作家西格丽德·努涅斯于2020年9月出版了她的最新小说《邻人之爱》。与《我的朋友阿波罗》类似，《邻人之爱》也是从第一人称视角，讲述生死、爱情、友情、陪伴这样人世间司空见惯的事情。

在前一部小说里，“我”在向“自杀身亡”的导师（也是朋友/情人）讲述收留他留下的“阿波罗”这条大丹狗之后，与“阿波罗”相互面对、相互接纳的故事；讲述的同时，也是在倾诉，对“死者”倾诉。这条主线之外，另有多条支线，内容涉及师生关系、作家与读者的关系、（心理）医生与病人的关系，谈论了自杀、婚外情、贩卖妇女（女童）、雏妓等严肃而沉重的话题。有所不同的是，到了《邻人之爱》这里，故事更简单些，“我”讲述了自己应一位好友、癌症晚期患者之请，陪伴她有尊严地度过生命的最后一段时光，然后帮她通过服药实施安乐死。虽然因为外在、内在的原因，这场看似精心策划、准备充分的安乐死计划失败了，但随着故事一步步的推进，也引发了我们对生死、友情、亲情和爱情，甚至是人们褒贬不一的安乐死等人生中会遇到的重大问题的思考。有评论说,《我的朋友阿波罗》和《邻人之爱》是姊妹篇，但努涅斯本人否认了这一点。不管怎样，说这两部小说属于同类作品应该大致不错。当然，与《我的朋友阿波罗》比较起来,《邻人之爱》的叙述线索更为集中，而且这次是“我”的朋友在倾诉,“我”在倾听。我能够强烈感受到，小说中先后出现的这些人，还有那只以第一人称讲述自己身世和遭遇的猫，都渴望倾诉，同时又都渴望有人倾听。

这是我翻译的第三部努涅斯的作品。对于努涅斯所关注的题材、她希望引发读者思考的命题，以及她的写作风格，我感觉熟悉和亲切。她关注衰老、健康、友爱，关注当下的社会发展过程以及这一过程中出现的问题，思考当代人的死之恐惧和生之欲望。《邻人之爱》里,“我”一面倾听这位临终的朋友讲述她的过往、她与女儿终未修复的母女关系，一面也不时地回望自己的生活之路。这部小说里，叙述者插叙了一些“最悲伤的故事”；而小说的最后又写道:“这段最悲伤的日子，也是我生命中最快乐的一段时光，终将过去。而我又会独自一人。”这些读来不免令人有些伤感，却并不叫人感到悲观，因为正如努涅斯在作品里所揭示的那样，人类能抵抗孤独和绝望，因为人间有爱心，有友情，有善良。

努涅斯这部新作原文书名为 *What Are You Going Through*，意译自她读过的法国哲学家西蒙娜·韦伊《等待上帝》这篇文章里所说的一段话:“我们对邻居的爱，充其量就是能够对他说一句：‘你在经历什么？’”。努涅斯说，这句话原文为“Quel est ton tourment?”，其中的tourment在法文里有“折磨”“痛苦”等义，这个问题用英文表达的话，勉强是“What is your tourment?”。不过，在英文里要表达这一关心，却不大这么说，于是有了现在这个英文标题。我感觉，中文版如直译为《你在经历什么》，似乎难以产生与源自法文的英文标题、这部小说题材和作者创作主旨相吻合的理解和联想。后来在翻译的过程中，我发现，小说在涉及文学艺术家的同时，大概因为论述事关生死、友情等形而上的话题而多提及哲学家（包括尼采等）和他们的思想。尼采在《查拉图斯特拉如是说》里提出“邻人之爱”的理念。在他看来，爱的对象应该包括全人类。他提出爱邻人，是指我们与爱的对象之间不再存在利益，这样的爱不是互助的或追求回报的爱，而是纯粹的爱。此外，对努涅斯产生过深刻影响的苏珊·桑塔格曾经提出过“为何思考远方的苦难？”这一问题。巧得很，努涅斯这部小说的主旨正好与尼采和桑塔格的思想相契合，也在倡导对“他者之痛”的关注；当然，努涅斯在小说里还提倡对人类以外的动物的爱，以及对我们生活其中的地球家园的保护。有了这一认识，遂以《邻人之爱》作为最终的标题。

我特别感谢西格丽德·努涅斯。近年来，我译出努涅斯的三部作品，先是《永远的苏珊：回忆苏珊·桑塔格》这部出版后轰动文坛的小型回忆录，后来是她获得2018年美国国家图书奖，并进入同年布克奖短名单的《我的朋友阿波罗》，现在则是她这部最新力作。我在翻译期间，一直有幸得到她的热情而具体的帮助。此番除了答疑解惑，她还应我之邀,为拙译撰写了中文版序,介绍《邻人之爱》的构思过程、创作意图、作品主题，并祝愿中国读者阅读愉快。

感谢上海译文出版社一直以来给予我的大力支持。从桑塔格到乔伊斯再到努涅斯，一路译来，我与译文社十五六年的合作十分愉快而富有成果，也因此受到鼓励而在翻译的道路上坚持至今，并会继续坚持下去。

译者

2021年6月26日于南京仙林

图字：09－2022－0829号

图书在版编目（CIP）数据

邻人之爱 /（美）西格丽德・努涅斯（Sigrid Nunez）著；姚君伟译．— 上海：上海译文出版社，2022.9
书名原文：What Are You Going Through
ISBN 978－7－5327－9124－8

Ⅰ.①邻… Ⅱ.①西… ②姚… Ⅲ.①中篇小说－美国－现代 Ⅳ.①I712.45

中国版本图书馆CIP数据核字（2022）第152348号

邻人之爱
［美］西格丽德·努涅斯　著　姚君伟　译
责任编辑 / 管舒宁　装帧设计 / 柴昊洲

上海译文出版社有限公司出版、发行
网址：www.yiwen.com.cn
201101 上海市闵行区号景路159弄B座
山东韵杰文化科技有限公司印刷

开本 787×1092　1/32　印张 7.75　插页 5　字数 94,000
2022年12月第1版　2022年12月第1次印刷
印数：0,001 — 6,000册

ISBN 978－7－5327－9124－8/I・5667
定价：62.00元